古典詩歌研究彙刊

第六輯

龔鵬程 主編

第16冊

北宋新舊黨爭與詞學（上）

王璧寰 著

國家圖書館出版品預行編目資料

北宋新舊黨爭與詞學（上）／王璧寰 著 — 初版 — 台北縣永和市：花木蘭文化出版社，2009〔民98〕

序4+目4+152面；17×24公分

（古典詩歌研究彙刊 第六輯；第16冊）

ISBN 987-986-6449-67-3（精裝）

1. 宋詞 2. 詞論 3. 朋黨之爭 4. 北宋史

820.93051 98013952

ISBN - 978-986-6449-67-3

古典詩歌研究彙刊

第六輯 第十六冊 ISBN：987-986-6449-67-3

北宋新舊黨爭與詞學（上）

作 者 王璧寰

主 編 龔鵬程

總編輯 杜潔祥

出 版 花木蘭文化出版社

發行所 花木蘭文化出版社

發行人 高小娟

聯絡地址 台北縣永和市中正路五九五號七樓之三

電話：02-2923-1455／傳眞：02-2923-1452

網 址 http://www.huamulan.tw 信箱 sut81518@ms59.hinet.net

印 刷 普羅文化出版廣告事業

初 版 2009年9月

定 價 第六輯25冊（精裝）新台幣35,000元

版權所有・請勿翻印

北宋新舊黨爭與詞學（上）

王璧寰 著

作者簡介

王璧寰，民國44年8月8日生於桃園。中壢高中畢業，政治大學中文學士、碩士，中山大學中文博士。歷任弘光護專講師、高雄應用科技大學講師，現任高應科大文化事業發展系副教授。著有碩士論文《漢代天文學與陰陽五行說之關係》、博士論文《北宋新舊黨爭與詞學》，另有期刊論文〈朱淑真及其作品新探〉、〈吳藻詞之藝術成就析論〉、〈宋詞中楊花比興意涵之探討〉……等多篇。嗜好書法篆刻與創作古典詩詞。曾獲全國性書法比賽佳作、入選多項，政大第一屆才藝競賽篆刻組第一名、書法組第二名。應邀於2008年高雄市美術家聯展展出書法作品，並獲96年度教育部文藝創作獎教師組古典詩詞優選。

提　要

北宋後期詞壇起了巨大的變化發展，這不但是唐、五代以來詞體本身「窮則變」規律的必然走向，更有它時代背景的因素。由於宋代朝廷採取和解苟安、提倡享樂和重文輕武的政策，社會繁榮富庶，城市經濟迅速發展，為了滿足貴族與市民歌舞宴飲享樂的需求，歌詞相應地蓬勃發展起來。文體的茁壯，除了社會需求，還必需依靠創作者有意識的推動。作者的意識一部分出諸個人才性，一部分則不能不歸之於推動這個意識的社會因素。其中，政治因素概居其主導的地位。

宋代歌詞自文人愛賞而染指之後，逐漸被上層社會接受，甚至受上層社會指導。到了新舊黨爭時，文人在宦途的種種顛簸浮沉加深加劇，其感受悸動自會形之於文學作品上。而詩文言志的明確性，卻常招來文禍。一方面為了避禍，一方面政治受害者的抑鬱怊悵又不能不發，此時，長短句恰好成為抒發情志最佳的載體，全因為它具有著「委婉幽約」與非關風教的特性。在此契機之下，詞建立了它獨立的地位，本文即在探討黨爭與詞學當中微妙的關係。

第一章「緒論」，先敘明研究動機、目的與方法，然後分史學、詞學專著與期刊論文方面探討相關文獻。第二章「新舊黨爭前的社會生態」，探討長短句寫作背景的社會型態與社會心理。第三章「新舊黨爭前的詞風發展」，探討北宋前期的詞風演變，以便於對照黨爭之後詞風拓展的情形。第四章「新舊黨爭與文禍」，敘明黨爭的歷史過程與對文人生涯、著作的制約。第五章「黨爭文禍對詞人心態的影響」，由前述黨爭的過程考察詞人在生活面與心理面上所受到的影響，討論詞人作品所顯現的情感狀態、思想變遷。第六章「黨爭時期的詞風變化」，對此期詞風多樣變化的成因多所探討，並對豪放、婉約和典雅三大類詞風深化的藝術寫作手法加以分析。第七章「黨爭時期詞學觀念的演變」，探討詞學觀念如何地演進，詞體地位是如何受重視與被提昇的，並論及時人審美觀的變遷。

最後一章「結論」歸結以上的探討，北宋新舊黨爭在詞學發展過程中的確扮演了極重要的角色。大致而言，詞體獨立地位的確立，詞體功能性的擴大，詞風多樣性的開發和深化，詞論的深入和逐漸形成理論體系，以及此期詞學審美觀念的改變，無不是深受新舊黨爭直接或間接的影響。

目　次

自　序

我家坐落在桃園台地的西側，是個多風的地區。颱風來襲之前，由北方吹來的涼風無不沁人心脾，在夏秋之交，把難耐的暑氣一掃而淨，是我溽汗涔涔時最高的期盼。冬天的東北季風，可以把電線吹得呼呼作響，每當此時，腦海裏全縈繞著白馬湖之冬的境界。小學的花圃裏，四季開放著校工、老師們似無心又有意栽種的花，少年的我聞到那杜鵑的淡雅、玉蘭的幽芳，瞥見或艷紅、或雪白的山茶，躺在初春小黃花遍地的草地上，常沈迷在自己編造的仙境裏頭。我的少年記憶，整個家鄉的世界是一片的花花綠綠。這裏秋天的月最美，秋夜皎潔的星空，月光灑在萬物身上，幾乎可以一一辨出，微涼的秋氣透入衣袖中，令人如在廣寒宮般清爽。這裏值得欣賞的一切，讓我無憂無慮地度過了童年。午夜回想，一切都像幻影一般，永遠縈繞在心懷，美如詩境。

能夠自由自在地嬉游放縱在大自然，除了住家接近學校的環境因素之外，也是因爲父母親容許孩子們在作完功課之後，可以隨意閒逛。雖然四、五十年代的生活清苦得很，即使咬著牙借貸來繳小孩學費，父母倒不曾要我們做太多幫助家計的活，似乎太溺愛我們，其實也是那一代人堅忍不屈的個性在驅使他們。而我家其實也沒有什麼生產事業的活可以幹，因爲雙親都是小學教師。父親自高等師資科畢業後，來到中壢任教，在此成家，拉拔孩子個個上大學。他一輩子喜愛古典詩文，最記得那爲孩子們眉飛色舞地講著三國故事時漾著笑意的神情，還有那在燈下用古老讀書腔吟哦的身影，漫漫數十年的歲月在不知不覺中流逝，卻引導我走向了國學的浩瀚領域。

大學聯考分發入中文系，以當時來說，不是工商熱門科系，不知道是太單純不知道大時代的趨勢，還是因爲喜愛詩文的「成見」，父親還是喜孜孜的。學了一年多，漸漸有了一些心得，在一次詩選習作時，張壽平老師竟然拿出我的作品來和大家討論，一句評語「有器識」，更鼓舞了年輕人的心。在未曾告知之下，老師替我報名參加全校寫作比賽，懞懞然地，竟然拿到了第二名。不知道自己還有這方面的能力，興奮之餘，和同學蘇君切磋音韻，逐漸體會個中滋味，後來果眞幸運地得到古典曲創作的第一名。不但我個人與詩詞結下了不解之緣，父親也喜上眉梢，與我分享了美好的時光。可惜十七年前他因病辭世，從此失去了一位知我、愛我的人。

父親諱戈，是位很有求知欲的人，晚年還到師大暑期部進修，常讀到半夜；身罹重疾時還曾提筆作字，令我永難忘懷。母親對數學特別在行，小學、初中時，在班上都是頂尖的。她幼年曾受外祖父漢文的教育，挺有實力，光復後順利考取小學教員。生我姊弟五人，而幼弟三歲時不幸罹患了小兒痲痺，在身兼教職與持家的雙重擔子之下，母親仍然面對一切的橫逆，克勤克儉，嚴格管教，子女因此都能學而有成。還記得當我們姊弟青春期食量最大的時候，常常得搶菜吃，有時候沒有菜了，只好拌糖、醬油來吃，孩子們個個都瘦巴巴的，但再怎麼樣母親也會先向人借貸米糧來塡飽嗷嗷之口，等到下一兩個月薪水發下來了再還人；而每逢開學時的學費也是在同樣拮据的情形下勉強解決的。這幾十年的辛苦，不是三言兩語可以說得盡的，謹將這篇著作獻給我敬愛的母親詹氏金妹。

研究所求學期間，曾經因爲潰瘍幾乎病危，雖然勉強完成了論文，奮勵的心卻消退了。任教期間，不過以咀嚼典籍自娛而已。十餘年前接受新式的治療，腸疾竟然痊癒，二子亦逐漸長成，可以自我照顧；復賴賢內助陳淑華操持家計，使我無後顧之憂。在她的鼓勵支持之下，我燃起了更上一層樓的雄心。不意有此機緣，承蒙　龔師顯宗不棄，收入門下。老師常耳提面命勉以勤奮向學，特別強調學術之基根於品德，金玉良言，如深山鐘磬，刻刻警醒。爾來兢兢業業，竭我所能，終於完成了這一篇論文。

這當中一部分是我二、三十年來的讀書心得，還有一部分就是在修習博士學業時接受老師的啓發，吸收更多的新知，搜尋更新的資料，集結而成。雖然時間永遠嫌不夠使用，但總要把近年來的研究成果呈現出來，或許仍然有膚淺疏漏的地方，但認爲應該對得起師長和自己。若想在學術領域獲得更深一層的境界，有待個人戮力於來茲。

民國九十五年八月一日　王璧寰於晚成軒

第一章　緒　論

黨爭是歷代影響政治生態、社會變動極重大的因素，古來士大夫、學者對此所以不厭其煩的討論，並對統治者提出許多建言，因為他們深深瞭解黨爭攸關國政的興衰，若國君處置不當或者任由一派當道而賢良失路，所引起的嚴重後果甚至可以亡國。戰國時代楚國親齊一派遭讒外放，國勢益加傾頹；東漢末年清流因黨錮而凋零殆盡，天下分崩；中唐之後牛李黨爭，使王室難以中興。這些史蹟，斑斑可考。北宋黨爭長期影響著當時國家、社會整體的情勢，文學自然不能逃脫被波及的命運。觀察宋代的詩文，在相當的層面上能夠反映出社會的狀態，尤其在與邊疆民族戰爭和政治改革的議題上，文人常常用詩文來討論和提出建言，並起了一定的輿論作用。獨有歌詞似乎在這方面，並不見重大的發展和貢獻，這必須從詞體本身的特性來討論。歌詞出身於歌筵舞席，本來就是作為娛樂的工具，長期以來，它的體性適合於抒情，不便於議論，幾乎已經成為一般人的共識。將詞體述志的功能加以發揚，由偎紅倚翠為主比較狹窄的範圍擴大至整個生活層面；一變婉約為主的風尚，推展而至豪放、清曠、飄逸和雄奇等多方風格，又能深化婉約詞的精神內涵，有這個能力又有這個意識的人物，自然要首推蘇軾。但是，只有靠一個人的力量，絕對不可能有如此既全面又深化的變動，欲探究其原因，當然要盱衡整個時代背景，才能有明確的認知。

觀察蘇軾所處的北宋社會，正是神宗變法、新舊黨爭持續激化、政局阢隉不安、民間騷動、邊疆民族日益壯大等等內外在因素交織，一個波濤洶湧、動盪人心的時代。黨爭之下的文人，在身心兩方面都受到相當的衝擊，當他們將蓄積於內的感受形之於文字之際，字裏行間無不充斥著時代的影子。筆者計劃把當時政治版圖消長的理解當作縱向主軸，用串連時序的方式，一一對當時作家詞情、詞風轉變與當時詞學批評理論進展的軌跡作詳細的考察，期望能夠在其中找出更清晰、更深入的線索，以進一步探悉此期詞學嬗變的面目。深盼像這樣的研究可以給今人提供進一步的理解，即在詞學發展的關鍵時期，詞體如何建立起它獨自的特色？當然，在文學史的諸多觀察中，文體本身發展的規律所謂「窮則變」的鐵則是千古不變的，文人集體的時代風尚與嗜好也是文體發展的一因，甚至少數作家的登高引領也居其功。但是推動以上種種現象的幕後推手，還是整個大時代的氛圍，它支配著文人的際遇與心態，它鼓動著時代的文學風尚，更進一步影響著文學的思潮，文學因而從體質和形式體裁上走上了成熟的道路。

本文特別從政治這個角度，一一檢視它對詞體成熟的催化作用，同時也鑑於北宋後期詞壇的轉變也最受後來學者的注意，故選定新舊黨爭和詞學發展的關係作爲研究範疇。

第一節　研究動機與目的

詞做爲宋代文學代表的一種，而區別於唐詩、元曲，當然可以從體裁、聲律、語言風格上清楚的分辨出來。但宋詞整體作品所表現的「質」，也就是它的時代內涵、文化特質，才是區別於其他時代、其他文體的最顯著的因素。

從宋代的政治環境來說，北宋一統中原之際，北方強大的契丹依舊虎視眈眈，朝廷多次與之作戰，屢以不利而談和。未幾西夏建國，遂成兩頭掛制之形，宋廷雖然以納幣歲貢求一時偷安，卻形成了國內表面上安定，外族卻蠢蠢欲動的局勢。此時帝王提倡重文輕武、獎勵享樂的政策，使得經濟分外繁榮，文明空前發達，社會上充斥著及時行樂的風氣，因應享樂主義的歌舞生活遂造就了歌詞的勃興。北宋中期之後，政治制度與社會現況不能調合，顯然需要調整制度以跟上日異變遷的局勢，君臣皆有變法的共識，宋神宗與王安石遂合作推行新法。然而因為種種因素，導至新舊黨爭，政局不穩，社會更加動盪，人心更加不安。至哲宗、徽宗時期，執政派完全以傾軋異己為施政主軸，徽宗復沈溺於歌舞聲色的享樂之中，朝政不舉，社會腐化。其時歌詞雖不能及時反映社會腐化的黑暗面，卻可以由諸失志詞人作品所表現的身世坎壈、不屈於橫逆、超脫苦難和憤世嫉俗諸內涵，暗暗透露出深藏於背後那風雨飄搖的局勢，以及社會崩解的隱憂。

再從宋代的文化特質上看，儒、釋、道三教在唐代各自得到不同的發展空間，又交互取資，到了有宋建國時期，已自然合流。上自學術界，下至市井小民，無不受此薰染，而宋代文人常集三家思想於一身。此外，加上經濟的繁榮、印刷術的進步、政府對文化的提倡等因素，當代的文學作品自然蘊含了高遠的哲理和深厚的文化內涵。

宋詞在這樣的氛圍中成長、茁壯，所吸吮的營養汁液，全部注入在它的骨肉之中。所以說，在它的體質當中，蘊藏的就是那個時代的整體精神，因而宋詞和唐詩、元曲自然天生具有不同的「質」。

筆者素來嗜好中國韻文，詠歌陶寫，瞬逾二紀，獨喜歌詞之能曲盡人意、貼近生活，對宋詞建立獨自面目的各方因素，尤其深具興趣。晚近有討論北宋黨爭與文學之論著多篇，陡然引發筆者靈光，何不專致於黨爭與詞學關係之探討，以尋求詞學形質變遷與蔚為文體大國的種種契機。竊以為即使所尋獲的不過蛛絲馬跡，只要有一隅之見，雖是野人獻曝，也可以提供給學界某種程度的參考，如此，豈不是極有意義的工作。這是撰述本文的動機所在。

詞做為一種文體，自然有它文體成長的機制，如：適應音樂的特性，滿足社會娛樂的需求，與人性想要求得一個宣洩情感的管道等因素，造成它的日趨茁壯。但是嘗試文體形式技巧的改進創新，嘗試境界內涵的充實擴大、思想內涵的提高，又非得由文人來主導運作不可。我們進一層推求文人的創作思想與欲望，自與其生命歷程的窮通否泰息息相關，北宋後期詞人的政治生涯深受黨爭的影響，其詞學思想、創作心態與作品風格，無不反映出時代的呼吸與脈動。本文即欲從政治的層面切入，先探討新舊黨爭如何牽動詞人的生活起居與窮通榮辱？詞人的情緒反應如何？表現於詞中的思想是如何？所造成的詞風又是如何？這一段時期的詞學理論有那些演變？當時的審美觀念有何値得注意的變化？本文就是針對此等問題想要做一個通盤的考察，對宋詞所以能獨具面目、於詩體之外另闢門戶，並成爲一代文學的代表，提出一個比較完整的體系說明。

在北宋後期黨爭下的詞學，的確顯現出其蓬勃發展的態勢，本文將提出種種線索來說明黨爭所扮演的催化作用，其所牽涉之深還延續到南宋。詞學的興衰與整個宋朝的政治發展相依存，尤其黨爭正是關係著詞學建立起自己的體性與繁榮昌盛的主要因素，本文要討論的就是這些互相牽連的微妙關係，找出可供學者據以繼續深入探究的線索和脈絡，這是本研究的主要目的。

第二節　研究方法

本文在構思論文整體架構時，首先考慮到章節的安排。欲討論某一時期的文學狀況，必定得先觀察其前期的文學發展過程，才能知道研究對象的前身爲何，研究對象的體質是從何演變而來的，於是論文起始即先探討宋初社會的體質，故定章節名爲「宋初的社會生態」。下一章則專注於分析宋朝前期詞學發展的特質，故名第三章爲「新舊黨爭前的詞學發展」。因爲將觀察時間定在黨爭時期，當然得對整個黨爭的歷史過程作通盤的了解，故接下來的第四章即以黨爭史爲題，並論述相關的文禍與影響，名爲「新舊黨爭與文禍」。歷史既明，受黨禍的詞人他們的心態反應會是什麼狀態，這是接下來應該要探討的，故續之以「黨爭之際的詞人心態」。有了以上社會整體背景與詞學發展前緣的瞭解，政治影響詞人心態的各階段表現既已探明，則對當時歌詞所顯現的風格，也就具備了分析的依據，故立第六章「黨爭時期的詞風變化」以討論之。然後再繼續深入瞭解當時詞家的詞學觀念，推求詞評所關注的焦點在哪些方面，這些理論的階段性成就又是哪些。由這一系列因果關連的討論，相信可以對本論文的主題作出完整而周詳的論述。

從收集資料方面言，本文在著手之時，分兩方面進行：一方面從史的立場收集相關的史料與論著，包括政治史與詞學史。另一方面從詞學的立場收集討論詞學風格、詞學理論與評析詞家個人詞等等之論著。收集範圍不限於北宋的資料，南宋諸人間可輔助分析的，後代詞家言論可資佐證的，近代學者研究有精闢見解的，都在蒐羅之列。惟本文不以廣博爲尚，僅以精要爲目標，一方面囿於研究的範疇，一方面囿於個人的時間、能力，可能出現種種缺失，有待方家不吝指正。

進行每一章節的討論方式，首以時序的縱向發展爲主軸，將各時期重要發展與變動的現象前後貫串起來。每一章著重一項主題，或者由社會的大關目引領下轄的小關目論之；或者依時序挑選重要詞家，就其心態變遷、風格差異或詞論進展一一論述。這是用史的立場作組織。但是每述論一項主題或人物風格時，則站在詞學的立場來分析，質言之，整個研究的理論來源都是依存於詞學的觀點，只是不失去時序的進程，不忽略社會的背景而已，因爲本研究的整個重心其實還是偏向於詞學，並不是以史學得失爲主。

本文依時序的進程研討詞學各方面的發展，此一方法爲歷史性的敘述法與比較法；又從各作家的生涯背景與作品表現互爲對照來研究作者的心態，這是觀察、分析並用之後所作的歸納法；在詞風的討論上，採取適用於全體的詞風描述，並分析其所以形成此種詞風的諸寫作手法而詳細舉證，這是觀察全體之後的心得歸納法與舉證法。在討論詞論的時候，依照思想的進化過程述論，並在述論中分析該項論點明晰與否、合理與否以及進化之處何在，多舉現代批評史專書或學者研究專題觀點批評之，這是統合專家意見的綜合判斷法；同時也有個人研究獨自發現的觀點，帶有部分的演繹法性質。結論部分，對政爭和詞學發展的影響作整體的歸納，並對後代可能的影響作各種推理。這是本文所使用的諸多研究方法。

明代張綖以「婉約、豪放」二分法論詞風之後，〔註1〕詞論家即特別喜歡再細分而論，風格分別太細之下，反而使某些評家或者各見所是，造成各家對單一詞家風格之歸類南轅北轍，或者對風格之定義各自爲說，異見紛紛，漸形瑣碎。復觀早期論詞者習慣概評一、二人詞風，或舉某人數首詞概論其風格，或概稱某幾位爲一派等，類皆籠統。今人論學則首重建立系統，乃能剖析入裏，常將詞人重要的代表作多篇，仔細地從整篇之詞境、意象、典故由來以及修辭手法全體分析之後，才推斷其風格，近來還有更多以西方文學批評的理論與方法來作研究的，已經取得了不少的成果。本文研究詞風的立場，採取三分法：即豪放、婉約、典雅三類，三分之下各以相類的風格相從，出發點不在風格如何分類，而在於探討這特定的時代下詞壇何以造成三大類風格，著重於時代背景與詞風發展的關係，並仔細參酌近代詞論

〔註1〕張綖《詩餘圖譜・凡例》後曰：「按詞體大略有二：一體婉約，一體豪放。婉約者欲其詞情蘊藉，豪放者欲其氣象恢弘。蓋亦存乎其人，如秦少游之作，多是婉約，蘇子瞻之作，多是豪放。大抵詞體以婉約爲正，故東坡稱少游『今之詞手』。後山評東坡詞『雖極天下之工，要非本色』。今所錄爲式者，必是婉約，庶得詞體，又有惟取音節中調，不暇擇其詞之工者，覽者詳之。」此〈凡例〉明刻通行者爲汲古閣《詞苑英華》本，無〈凡例〉及按語，王水照〈蘇軾豪放詞派的涵義和評價問題〉，曾據北京圖書館所藏明刊本及上海圖書館所藏萬曆二十九年游元涇校刊的《增正詩餘圖譜》引用此序。王水照一文原載《中華文史論叢》1984年第2輯，今又刊於《20世紀中國學術文存——詞曲研究》一書，武漢：湖北教育出版社，2004年1月，頁253。

家已取得的研究成果做爲一部分依據。至於其他相關的諸多議題，在進行討論之際，研究方式有似於此。

第三節　文獻探討

本文主題牽涉史學與詞學，整體方向本在研究詞學，然史學之文獻亦應徵之多方。黨爭時期的史料以《宋史》〔註2〕爲首要依據，元人脫脫觀點雖偏向舊黨諸君，然身非宋人當不致過激。宋・趙汝愚的《諸臣奏議》，〔註3〕蒐羅不殫覼縷，雖闕徽、欽二朝事跡，然多有補益於正史之不足，而且奏議不似一般史書以旁觀者的口吻敘述，最爲近實，故時有所取。宋・李燾《續資治通鑑長編》〔註4〕意在續司馬光書，不計篇幅，收羅繁富，所記盡北宋一祖八宗事，與《宋史》相較，各有短長。南宋・楊仲良《資治通鑑長編紀事本末》〔註5〕所記多佚聞，可以補長編之闕。宋・朋九萬《東坡烏臺詩案》〔註6〕收集一案資料最爲詳盡，體例近於紀事本末體，欲盡窺始末細節，非此書不可。明・陳邦瞻《宋史紀事本末》一書，〔註7〕條理暢達，眉目清楚。清・黃以周的《續資治通鑑長編・拾補》〔註8〕可以補《長編》之遺。清・畢沅《續資治通鑑》〔註9〕係糾集邵晉涵、章學誠等史學名家爲之，金靜庵稱此書「長於綜輯，而短於鎔裁」(《中國史學史》)，〔註10〕具見史料之豐富。今人羅家祥《北宋黨爭研究》一書，〔註11〕

〔註2〕脫脫等《宋史》，臺北：鼎文書局，1980年1月。
〔註3〕趙汝愚《諸臣奏議》，臺北：文海出版社，1970年5月。
〔註4〕李燾《續資治通鑑長編》,《景印文淵閣四庫全書》第322冊，臺北：臺灣商務印書館，1983年。
〔註5〕楊仲良《資治通鑑長編紀事本末》，臺北：文海出版社，1967年11月。
〔註6〕朋九萬《東坡烏臺詩案》，臺北：宏業書局，1972年4月。
〔註7〕陳邦瞻《宋史紀事本末》，臺北：里仁書局，1981年12月。
〔註8〕黃以周《續資治通鑑長編・拾補》，臺北：世界書局，1974年6月。
〔註9〕畢沅《續資治通鑑》，臺北：世界書局，1974年1月。
〔註10〕金靜庵《中國史學史》，臺北：鼎文書局，1986年3月，頁223。
〔註11〕羅家祥《北宋黨爭研究》，臺北：文津出版社，1993年11月。

鎔裁資料，觀點持平，對新黨諸人未一概否定，依時序論列，明於章法，故常有所取資。

在詞學通論方面：若王國維《人間詞話》，〔註 12〕首開近代引西方美學觀念論詞之門徑，其「境界說」引起眾人討論，至今不衰。吳梅《詞學通論》一書，〔註 13〕前半重視格律作法，後半略述詞史，品評詞人，辭精語麗。羅忼烈的《詞曲論稿》，〔註 14〕對周邦彥出處和詞風形成的因素，研究特深。繆鉞、葉嘉瑩合著《詞學古今談》，〔註 15〕專論數位詞人，考證生平，剖析思想、情感，鞭辟入裏；另二人合著《靈谿詞說》，〔註 16〕每篇分詞家細論，甚爲精闢，故常從其說。葉氏《迦陵論詞叢稿》、《唐宋詞十七講》二書，〔註 17〕時而引西方理論，以語體說解，似平淺而實幽微，絲絲入扣，獨具隻眼。王水照的《宋代文學通論》，〔註 18〕分文體、體派、思想、題材體裁、學術史等主題，再依論題評析，實亦具有詞史價值。楊成鑒《中國詩詞風格研究》一書，〔註 19〕依司空圖分品方式再作安排，先定義後舉例，本文有取其風格分類的某些成說。

在詞學史、批評史方面：較早有王易《詞曲史》，〔註 20〕在其〈衍流第四〉中論慢詞漸興過程，脈絡清晰；〈析派第五〉一部分對北宋諸詞人皆有所述論，尤其對蘇門詞人、周邦彥、李清照等人評述較多。刊刻較早，簡略而精當。吳熊和《唐宋詞通論》一書，〔註 21〕分章論詞體、

〔註 12〕王國維《人間詞話》，《詞話叢編》本，北京：中華書局，1986 年 11 月。
〔註 13〕吳梅《詞學通論》，臺北：臺灣商務印書館，1988 年 4 月。
〔註 14〕羅忼烈《詞曲論稿》，臺北：木鐸出版社，1982 年 6 月。
〔註 15〕繆鉞、葉嘉瑩《詞學古今談》，臺北：萬卷樓圖書公司，1992 年 10 月。
〔註 16〕繆鉞、葉嘉瑩《靈谿詞說》，臺北：國文天地雜誌社，1989 年 12 月。
〔註 17〕葉嘉瑩《迦陵論詞叢稿》，上海：上海古籍出版社，1980 年。葉嘉瑩《唐宋詞十七講》，長沙：岳麓書社，1989 年 2 月。
〔註 18〕王水照《宋代文學通論》，開封：河南大學出版社，1997 年 6 月。
〔註 19〕楊成鑒《中國詩詞風格研究》，臺北：洪葉文化事業公司，1995 年 12 月。
〔註 20〕王易《詞曲史》，南京：江蘇教育出版社，2005 年 8 月。
〔註 21〕吳熊和《唐宋詞通論》，杭州：浙江古籍出版社，2001 年 10 月。

詞調、詞派、詞論、詞籍、詞學，體例完整，文中對蘇軾提高詞品、擴大詞境、改變詞風、推進詞律特別措意，詳明有據，最合參酌。丁放、余恕誠《唐宋詞概說》〔註 22〕與孫望、常國武《宋代文學史》〔註 23〕二書，依時序論列諸詞人，少有遺漏，又多舉代表作品解析其人風格、心理，評論中肯，頗合取資所需。謝桃坊的《中國詞學史》，〔註 24〕以詞學理論的里程爲分節標題，對宋人詞體觀念形成、宋人詞體起源說、宋人的詞話、李清照的「別是一家說」等特闢專論，不絜絜於單獨詞人，得簡要之旨。蔣哲倫、傅蓉蓉的《中國詩學史》（詞學卷）一書，對北宋詞學的發展背景解說縝密中理，對北宋前期的詞學觀念討論簡暢，然後再討論蘇軾在北宋中期詞學風格和理論的貢獻，緊接著直接論及李清照、周邦彥在北宋末所作的總結性貢獻，復討論詞話、詞集叢出的時代意義，可謂要言不煩，爲近來相關著作中極值得參考的著作。〔註 25〕楊海明的《唐宋詞史》，〔註 26〕對詞情、詞人生活背景與時代風氣，解說特詳，標題明晰，唯行文徵引微稱繁冗。劉揚忠《唐宋詞流派史》一書，〔註 27〕雖有以後人觀點強分前人流派之嫌，然亦有其理論系統。朱崇才的《詞話學》，〔註 28〕依文學理論分起源論、功能論、流派論……至技巧論等，項目嚴明，亦有可觀，惟主題下轄之諸分論，組織未臻嚴密。除以上書籍，復參酌黃文吉的《宋南渡詞人》〔註 29〕和王兆鵬的《宋南渡詞人群體研究》，〔註 30〕二書將北宋末年發展出的詞風與南宋詞轉

〔註 22〕丁放、余恕誠《唐宋詞概說》，合肥：安徽教育出版社，2001 年 12 月。

〔註 23〕孫望、常國武《宋代文學史》，北京：人民文學出版社，2001 年 12 月。

〔註 24〕謝桃坊《中國詞學史》，成都：巴蜀書社，2002 年 12 月。

〔註 25〕蔣哲倫、傅蓉蓉《中國詩學史》（詞學卷）第二章第二節，廈門：鷺江出版社，2002 年 9 月，頁 45～84。

〔註 26〕楊海明《唐宋詞史》，高雄：麗文文化公司，1996 年 2 月。

〔註 27〕劉揚忠《唐宋詞流派史》，福州：福建人民出版社，1999 年 3 月。

〔註 28〕朱崇才《詞話學》，臺北：文津出版社，1995 年 1 月。

〔註 29〕黃文吉《宋南渡詞人》，臺北：臺灣學生書局，1985 年 5 月。

〔註 30〕王兆鵬《宋南渡詞人群體研究》，臺北：文津出版社，1992 年 3 月。

變的各種現象作對照，適可藉之說明本文的某些觀點。蕭慶偉《北宋新舊黨爭與文學》一書，〔註31〕討論北宋黨爭對文學之影響、黨爭之下的文人心態和黨爭下文學風格演變的因素，至爲詳晰。本文多參考其文禍始末之資料，並專力於黨爭對詞人的影響，以更加細膩的手法，更文學性的討論，希冀能獲得詞學史上新的進境。

此外，進入二十世紀以來，學者在期刊發表之論文尤夥，對詞風、詞派方面的討論有：龍沐勛〈兩宋詞風轉變論〉一文，較早地針對宋代詞風轉變的概略趨勢，指出了柳、蘇、周、辛等人的關鍵性地位。〔註32〕劉乃昌的〈宋詞的剛柔與正變〉，論宋詞風格應以「剛美」、「柔美」來區分，不贊成用「婉約」與「豪放」來二分，這是就全體概念上立論，若論個人風格恐怕此說也不適用。〔註33〕李秉忠的〈也論宋詞的「豪放派」與「婉約派」——兼評吳世昌先生等人的觀點〉一文，主張廣義的「豪放、婉約」分派立場，本文採納此看法。〔註34〕韓經太的〈宋詞：對峙中的整合與遞嬗中的偏取〉，以柳、蘇爲對峙，周整合之；蘇、辛之體相親而異，周、姜之體亦相親而異，蘇、姜超逸而周、辛沉厚，正詞學深入發展的必然現象。言之亦頗得梗概。〔註35〕邱安昌〈風格：精神個體性的形式〉一文，專門對風格作出確切的定義，本文列爲重要的參考。〔註36〕王曉驪

〔註31〕蕭慶偉《北宋新舊黨爭與文學》，北京：人民文學出版社，2001年6月。

〔註32〕龍沐勛〈兩宋詞風轉變論〉，《詞學季刊》第二卷第一號，1934年10月，頁1～23。

〔註33〕劉乃昌〈宋詞的剛柔與正變〉，《文學評論》，1984年第2期，頁34～39及88。

〔註34〕李秉忠〈也論宋詞的「豪放派」與「婉約派」——兼評吳世昌先生等人的觀點〉，《山西師大學報》（社會科學版），1988年第1期，頁38～42。

〔註35〕韓經太〈宋詞：對峙中的整合與遞嬗中的偏取〉，《文學評論》，1995年第5期，頁131～139。

〔註36〕邱安昌〈風格：精神個體性的形式〉，《山西師大學報》（社哲版）第23卷第1期，1996年1月，頁43～45。

的〈閑雅・高雅・清雅——論宋代雅詞發展的三個階段〉，從宋代開國之初士大夫的文化特質「閑雅」談起，轉變至北宋後期蘇、黃等人追求的「高雅」，再轉變爲南渡之後崇尙的「清雅」，階段性分明，具參考價值。〔註37〕邱昌員的〈宋代「江西詞派」商榷〉，舉出從地域上、詞風上、集體意識上都沒有所謂的「江西詞派」存在，立論合理。〔註38〕

在詞體問題、詞學思想方面有：楊燕的〈北宋詞之「本色」與淮海詞〉，首先對「本色」下定義，然後舉出淮海詞體現「本色」的五大要義：協律、抒情、寫戀情、雅俗相濟和狹深婉曲。有關雅俗相濟這一觀點，似乎北宋人並未自行提出，尚待討論。〔註39〕謝桃坊的〈宋人詞體起源說檢討〉，指出宋人認爲詞體爲中國詩歌發展過程中出現的一種變體，長短句與聲詩是不同的。並謂詞體起源的時間應該如李清照所論在盛唐之時，其說皆精當有據。〔註40〕趙梅的〈關於詞的本體論思考——從意象出發〉，討論文學樣式的整體風格或詞人的個體風格，都與意象的選擇和組織密切相關。而詩詞意象之別大致可由「狹深」、「隱曲」、「迷離」等偏於詞境之意象來分辨，語多可取。〔註41〕沈家莊的〈宋詞文體特徵的文化闡釋〉，對詞體的文化特質多所析論，對宋人雅俗觀念版圖的變遷也理出一定的脈絡，頗値得參考。〔註42〕王昊的〈論宋人詞體觀念的建構〉，其中一節討論蘇軾「以詩爲詞」

〔註37〕王曉驪〈閑雅・高雅・清雅——論宋代雅詞發展的三個階段〉，《山西師大學報》（社科版），第28卷第1期，2001年1月，頁54～58。

〔註38〕邱昌員〈宋代「江西詞派」商榷〉，《上海師範大學學報》（哲學社會科學版）第33卷第2期，2004年3月，頁82～86。

〔註39〕楊燕〈北宋詞之「本色」與淮海詞〉，《山東大學學報》（哲學社會科學版），1989年第3期，頁83～87。

〔註40〕謝桃坊〈宋人詞體起源說檢討〉，《文學評論》，1995年第5期，頁105至113。

〔註41〕趙梅〈關於詞的本體論思考——從意象出發〉，《宋代文學研究叢刊》第3期，1997年9月，頁425～441。

〔註42〕沈家莊〈宋詞文體特徵的文化闡釋〉，《文學評論》，1998年第4期，頁143～152。

的內在思維，即在壓制詞體的音樂性與娛樂性，而凸現詞體的文學性和抒情功能。〔註 43〕顏翔林〈論《碧雞漫志》的詞學思想〉一文，討論王灼的詞學思想有許多不同於前的新見解，本文以爲王灼思想承自前人者實多。〔註 44〕鄧喬彬的〈秦觀「詞心」析論〉，謂「詞心」就是必須具備「眞切的深情」與「難以移易的獨特性」二者，本文特別重視後一觀點。〔註 45〕

對於各家的藝術特色、相互影響與繼承關係，論者甚多：鄭騫的〈柳永蘇軾與詞的發展〉也是較早討論的一篇，認爲詞並沒從蘇得到本體的發展，本體的發展是在柳、周一派。這看法是衡諸於詞的音樂性和本色上得出來的。〔註 46〕馬興榮的〈讀蘇軾詞札記〉，論蘇詞的豪放表現，是時代的影響；又謂蘇詞不協律是創新的表現；並謂蘇詞富於情，其情又與其身世相牽連。以上諸觀點，正本論文欲申論之要點。〔註 47〕袁行霈的〈以賦爲詞—清眞詞的藝術特色〉，論周氏詞擅鋪陳手法、巧用環形結構及化用前人詩句等問題，言之成理。〔註 48〕徐敏的〈北宋詞史上的兩座里程碑——從柳詞「曉風殘月」說到蘇詞「大江東去」〉，重視柳、蘇在詞史中的特殊地位，並以標題明示了二人的詞風，可謂推定了蘇軾內心的看法。〔註 49〕黃炳輝、劉奇彬〈論

〔註 43〕王昊〈論宋人詞體觀念的建構〉，《第二屆宋代文學國際學術研討會論文集》（南京：江蘇教育出版社），2003 年 6 月，頁 486～498。

〔註 44〕顏翔林〈論《碧雞漫志》的詞學思想〉，《文學遺產》，2003 年第 4 期，頁 85～93。

〔註 45〕鄧喬彬〈秦觀「詞心」析論〉，《文學遺產》，2004 年第 4 期，頁 76～86。

〔註 46〕鄭騫〈柳永蘇軾與詞的發展〉，《文學雜誌》，第三卷第一期，1957 年 9 月，頁 25～31。

〔註 47〕馬興榮〈讀蘇軾詞札記〉，《華東師範大學學報》（哲社版），1982 年第 3 期，頁 51～56。

〔註 48〕袁行霈〈以賦爲詞——清眞詞的藝術特色〉，《北京大學學報》，1985 年第 5 期，刊於《中國詩歌藝術研究》（臺北：五南圖書公司），1989 年 5 月，頁 345～358。

〔註 49〕徐敏：〈北宋詞史上的兩座里程碑——從柳詞「曉風殘月」說到蘇詞「大江東去」〉，《北京師範大學學報》，1988 年第 2 期，頁 108～112。

周邦彥對柳永詞的繼承和發展〉一文，指出周詞專工豔情和愁羈而有更深入的表現力，在語言上和音律上多所創新，柳粗而周工。然周過於重視形式美，缺乏自然抒寫，給詞壇帶來不良的影響，所論甚是。〔註50〕孫昌武的〈蘇軾與佛教〉，說明了蘇軾與佛教結緣之早、之深。〔註51〕孫維城的〈論宋玉《高唐》、《神女》賦對柳永登臨詞及宋詞的影響〉，指出柳永對宋玉賦獨能體會，蓋身世相彷彿之故；而多數宋人並不能理解這種貧士悲秋的情懷，的是確解。〔註52〕王水照的〈走近「蘇海」——蘇軾研究的幾點反思〉，曾對西園雅集作歷史文化上的考量，這觀點極有價值。〔註53〕李嘉瑜〈論「以賦爲詞」的形成——以柳永、周邦彥爲例〉一文，論「以賦爲詞」對創作歌詞的重要意義以及柳、周二人的實踐手法，理路明晰。〔註54〕

至於政治對詞人、詞學的影響，討論最爲廣泛，如：較早有龍沐勛的〈清眞詞敘論〉，提供研究周邦彥的政治生涯和出處履歷的資料。〔註55〕接著又有王兆鵬提出〈唐宋詞審美層次及其嬗變〉一文，討論歌詞描寫的對象由佳人到文士，由文士到志士，標誌著詞人眼界由狹窄的兒女私情擴展到個人苦悶，再到社會憂患，同樣地空間也因此擴展了。本文考察北宋詞確實循此路線發展。〔註56〕方曉紅的〈論詠物詞的歷史流程及藝術特色〉，論詠物詞分「直接詠物」、「託

〔註50〕黃炳輝、劉奇彬〈論周邦彥對柳永詞的繼承和發展〉，《河北大學學報》，1988年第3期，頁85～95。

〔註51〕孫昌武〈蘇軾與佛教〉，《文學遺產》，1994年第1期，頁61～72。

〔註52〕孫維城〈論宋玉《高唐》、《神女》賦對柳永登臨詞及宋詞的影響〉，《文學遺產》，1996年第5期，頁62～70。

〔註53〕王水照〈走近「蘇海」——蘇軾研究的幾點反思〉，《文學評論》，1999年第3期，頁135～141。

〔註54〕李嘉瑜〈論「以賦爲詞」的形成——以柳永、周邦彥爲例〉，《國立編譯館館刊》，第二十九卷第一期，2000年6月，頁133～148。

〔註55〕龍沐勛〈清眞詞敘論〉，《詞學季刊》第二卷第四號，1935年7月，頁1～18。

〔註56〕王兆鵬〈唐宋詞審美層次及其嬗變〉，《文學遺產》，1994年第1期，頁48～60。

物言情」和「以物擬人」三種類型，本文即從後二者討論長短句與政治的關係。〔註 57〕胡遂〈論蘇詞主氣〉一文，主張蘇詞的氣包含「千丈氣」、「憂愁不平氣」、「浩然之氣」和「清虛放曠之氣」。其有得之於天性者，但也有受時局所激發者，與本文所欲探討起相當關係。〔註 58〕吳帆的〈論蘇軾與宋人的咏物詞〉，討論蘇軾是最早培育、灌溉詠物詞此一園地的園丁，並將其手法解析一番，頗中肯綮。而其詠物託喻實含政治意涵的主張，亦與本文之取向相合。〔註 59〕高聖峰的〈似花非花遷客淚〉，論蘇軾詠物之用心乃別有深意，正以婉曲手法暗抒政治之失意，指向與本文一致。〔註 60〕陳元鋒〈北宋館職、詞臣選任及文華與吏材之對立〉一文，本研究取其論新黨官吏率皆不文爲據，討論新黨何以鮮有人關心詞體。〔註 61〕丁曉、沈松勤的〈北宋黨爭與蘇軾的陶淵明情結〉，將黨爭與蘇軾心態轉變的關係解析得深入而中理，本文多所取資。〔註 62〕程怡的〈元祐六年後的蘇、秦關係及其他〉，論秦曾經因爲失言而讓蘇氏兄弟尷尬，可作參考。〔註 63〕薛瑞生的〈周邦彥捲入王審、劉昺「謀逆」事件考辨〉，其考訂有助於對周邦彥是否附和新黨此一問題的釐清。〔註 64〕以上諸文或理路清晰，或觀點新穎，或與政治的反映相關，頗値得參考。

〔註 57〕方曉紅〈論詠物詞的歷史流程及藝術特色〉，《武漢大學學報》（哲社版），1994 年第 5 期，頁 108～111。

〔註 58〕胡遂〈論蘇詞主氣〉，《文學評論》，1999 年第 6 期，頁 53～63。

〔註 59〕吳帆〈論蘇軾與宋人的咏物詞〉，《文學遺產》，2000 年第 3 期，頁 52～57。

〔註 60〕高聖峰〈似花非花遷客淚〉，《國文天地》第 187 期，2000 年 12 月，頁 13～17。

〔註 61〕陳元鋒〈北宋館職、詞臣選任及文華與吏材之對立〉，《文學評論》，2002 年第 4 期，頁 66～73。

〔註 62〕丁曉、沈松勤：〈北宋黨爭與蘇軾的陶淵明情結〉，《浙江大學學報》第 33 卷第 2 期，2003 年 3 月，頁 111～118。

〔註 63〕程怡〈元祐六年後的蘇、秦關係及其他〉，《華東師範大學學報》（哲社版），第 35 卷第 6 期，2003 年 11 月，頁 103～110。

〔註 64〕薛瑞生〈周邦彥捲入王審、劉昺「謀逆」事件考辨〉，《西北大學學報》（哲學社會科學版），第 34 卷第 4 期，2004 年 7 月，頁 135～140。

其餘凡足資旁引佐證者，亦時加取捨。

近年來，研究詞學的風氣大爲興盛，資料豐富，觀點新穎多方，個人才力有限，眼界狹窄，建樹實寡，惟勉力爲之而已。

第二章　新舊黨爭前的社會生態

本文對北宋新舊黨爭的時間定位，是以熙寧年間王安石執政變法爲起始，一直延續到北宋滅亡。宋神宗踐祚之初，年輕氣盛，銳意改革，超遷素以才幹著稱的王安石，命他主持新政，引進了一批意欲積極改革的人物，如曾布、章惇、蔡確、呂惠卿、沈括等，共同參政制法，被後人之稱爲新黨；另有一批守舊份子則反對新政的種種舉措，不願與王安石合作，被新黨份子排擠後，一一求去，或退隱或外任，如司馬光、歐陽修、呂誨、蘇軾等，這些人被稱爲舊黨，乃形成了兩個政治立場相左的陣營。有一些人陰持兩端，想從中獲取利益，也有另一批人持中間立場想調和雙方，可惜情況越演越烈，終究形成冰炭不容、傾軋反覆的局勢。黨爭本是政策之爭，發展到後來卻成了意氣之爭，甚至以卑劣的手段置對方於蠻荒之地，期之速死。政治的動盪與政策的翻覆，不但使國勢衰退，外族覬覦，復斲傷人才，造成民心普遍不安。其影響既深且廣，當然也波及了文學的發展，詞學就是在此情勢下產生了大幅度的變化。本文嘗試從政治的角度切入，欲觀察北宋新舊黨爭究竟和詞學的發展起著什麼樣的關係？

北宋初期，社會動亂方定，政府實施與民休息的政策，頗著成效。進入了中期（眞宗、仁宗朝）之後，長期以來，偃武修文，軍事上強幹弱枝、籠絡夷虜，可謂中外無事數十年（宋人自詡之語），社會經濟遂由安定局面進步到繁榮富庶。在制度面上即使有某些缺陷，一時尚不足以引起整體社會的動亂。故而當少數有識之士挺身出來，提出改革的主張時，總有一大部分因循守舊的人士站在反對的立場。認爲這種主張就是在毀壞祖宗的成法，製造國家社會的不安，堅決地排擠中傷改革派。而國家承平已久，君王也無心於改革，君臣上下習於安逸，保守派遂得以長期得勢。這種現象使得改革派沒有機會實現他們的理想，在職的時間又不長久，所以造成兩個龐大的黨派互相傾軋的可能性就微乎其微，這就是爲甚麼北宋前期並沒有大規模政治鬥爭的主要原因。

慶曆年間，范仲淹等人的政治改革，受到夏竦等一干人的反對而未能成功。觀察范公的改革並不是全面性的改變，不過是著重在三個方向：澄清吏治、加強軍備、提高生產。但是在澄清吏治方面，立刻遭到當時許多因循守舊、既得利益者的反對，不過短短一年多的時間，就匆匆下了台。慶曆新政既不是二大黨派的政見之爭，也不是意氣之爭，故而沒有形成大規模而且長期的互相傾軋。這跟熙豐新政、元祐更化、紹聖紹述、崇寧黨錮等的大規模兩黨鬥爭，性質上全然不同。在北宋後期的政爭中，被後人視爲舉足輕重的詞人，如蘇軾、黃庭堅、秦觀、周邦彥等人，都或多或少地捲入了這個大漩渦。他們不但在個人的仕宦生涯上嚐盡了官場浮沉的滋味，更在生活上飽受奔波流離的折磨，在思想上、情感上烙上了不可磨滅的印記，在他們的文學作品中當可以尋繹出這些印記的痕跡。

在討論到新舊黨爭過程之前，我們必須先了解引發黨爭的政治、社會、思想方面的因素，其先期的背景是如何的？是經過怎麼樣地發展演變而來的？故在以下先描繪宋初的社會生態。

第一節　宋初的政治型態與朋黨意識

宋太祖趙匡胤在建隆元年（960）開國，一直到神宗熙寧元年

（1068）登基，有百年之久。初期從事征討統一，社會由紛亂逐漸安定，民生由凋敝逐漸復甦；到了中期，經過數十年的將養休息，加上長期的採取對邊疆民族的談和納幣政策，社會乃由安定的狀態轉趨富裕。宋仁宗時期社會更加安定繁華，工商業相應的轉趨發達，人口逐漸向都市集中，城市經濟的發展可以說已經達到了前所未有的繁榮，我們觀察柳永的詞，有不少描寫城市生活中歌舞昇平、民生富庶的篇什，可以充分體會這正是仁宗時期社會生活的寫照。〔註1〕

宋太祖在開國之初，有鑑於武臣的跋扈，自己也是陳橋兵變由部將黃袍加身的，對於政權的掌控有強烈的危機感，想出了杯酒釋兵權的妙計。召集石守信等武將，勸他們回鄉多買田宅、多置歌妓，以歌酒自娛，並澤及子孫。次日，部將皆會其意而交出兵權，從此訂下了由文臣帶兵的規矩。〔註2〕另外又廣開科舉，招納文士，給予優厚的待遇，授與極高的參政權。〔註3〕在政治的運作上，不但沒有宦官的涉入、武人的干政，外戚的擅權也少（只有幾位太后的垂簾聽政，到

〔註1〕據邵博《河南邵氏聞見後錄》卷一記載：「仁宗皇帝崩，遣使訃於契丹，燕境之人無遠近皆聚哭。虜主執使者手號慟曰：『四十二年不識兵革矣』。」北京：中華書局，1985年。又《能改齋漫錄》卷十一也記載，仁宗死後有人題詩於其寢宮之上道：「農桑不擾歲長登，邊將無功吏不能。四十二年如夢覺，春風吹淚過昭陵。」《叢書集成初編》，北京：中華書局，1985年，頁4。這四十二年不驚不擾的安定生活，帶給社會的是什麼現象，不言可喻。至於柳永的詞是如何敘述當代盛世，諸論者討論已多，本文亦將在後文論及。

〔註2〕《宋史·石守信傳》卷二百五十載：「乾德初，帝因晚朝與守信等飲酒，酒酣。……帝曰：『人生駒過隙爾，不如多積金帛、田宅以遺子孫，歌兒舞女以終天年，君臣之間無所猜嫌，不亦善乎！』……明日，皆稱病，乞解兵權，帝從之。皆以散官就第，賞賚甚厚。」臺北：鼎文書局，1980年1月，頁8810。

〔註3〕《宋史·職官志·俸祿制》卷一七一有很具體的記載宋朝政府的厚俸以養廉的政策，比如朝廷主張「俸給宜優」、「於俸錢、職錢外，復增供食料等錢」。趙翼《二十二史札記》卷二十五〈宋制祿之厚〉條，對歷任帝王給予官員的俸給有大略的統計，而說：「其待士大夫可謂厚矣！……恩逮於百官者，唯恐其不足。」史學家觀察的結論是可以依據的。臺北：洪氏出版社，1974年10月，頁331。

皇帝年長又交還政權)。而所用的士人，絕大部分是由廣大的基層民眾裡，經過儒家教育的薰陶，再從科舉考試的管道挑選出來的(當然到後來更多了官宦人家的子弟，但是這些人也大都必須經過科舉考試才能任官)。這些官吏一經挑選出來，個個都是飽讀詩書的人士，國家的政策大多徵詢這一批人，宋朝的帝王很少有獨出機杼，自行訂定政策的。因此宋代的政治，堪稱爲文人政治。

那麼文人政治的特徵是什麼呢？首先，可以考見的，即參政之士多充滿著儒家積極參政，「達則兼善天下」的志意。宋初思想界已經逐漸興起了儒學的復興運動，以與佛、道思想相抗衡。宋朝政府亦採取以儒學取士的政策，士子若不走利祿之途，則一生的志業無由實現，要走利祿之途就要熟讀儒家經典。儒家對於從政的觀點是「用行舍藏」，〔註 4〕這不但是孔子的個人志趣，更成爲後來儒者的處世原則。漢武尊崇儒術，經學大昌；到了東漢，士人尤其以風節自勵。《後漢書．范滂傳》記載了范滂「登車攬轡，慨有澄清天下之志」，當時污穢貪鄙的官吏，望風解佩，後來雖然爲宦官所害，而天下仰其風節，成爲後代知識份子「用之則行，奮不顧身」的典範。蘇軾讀到此傳，即慨然以范滂自許，〔註 5〕正是受到儒家這種用世志意的感召所致。

宋朝朝廷不但以儒家經典取士，更供給優渥的俸祿以養廉，對官員極爲禮遇，宋太祖更立下不殺士大夫的規矩。〔註 6〕故而北宋初期入

〔註 4〕《論語·述而》子謂顏淵曰:「用之則行，舍之則藏，惟我與爾有是夫。」《十三經注疏》第 8 冊，臺北：藝文印書館，1976 年 5 月，頁 61。

〔註 5〕蘇轍〈亡兄子瞻端明墓誌銘〉記此事：「太夫人嘗讀東漢史，至范滂傳，慨然太息。公侍側曰：軾若爲滂，夫人亦許之否乎？太夫人曰：汝能爲滂，吾顧不能爲滂母耶？公亦奮厲，有當世志。」見《蘇轍集·欒城後集》卷第二十二，臺北：河洛圖書出版社，1975 年 10 月，頁 217。

〔註 6〕王夫之《宋論》謂「太祖勒石，鎖置殿中，使嗣君即位，入而跪讀。其戒有三：一保全柴氏子孫，二不殺士大夫，三不加農田之賦。」見《四部備要》本《宋論》，臺北：臺灣中華書局，1966 年 3 月，頁 4。《揮麈後錄》卷一頁三十八〈太祖誓不殺大臣言官〉條亦記：「嘗謂本朝法令寬明，臣下所犯輕重有等，未嘗妄加誅戮，恭聞太祖有

仕的士人，其參政用世的志意是極爲高昂的，《宋史》稱范仲淹：「每感激論天下事，奮不顧身。一時士大夫矯厲風節，自仲淹倡之。」〔註 7〕這是史書給他的高度讚揚。他在〈岳陽樓記〉文中高揭「先天下之憂而憂，後天下之樂而樂」爲其懷抱，就是當時士人積極進取，「以天下興亡爲己任」的代表性例子。蘇軾年輕時讀到石介的〈慶曆聖德詩〉，詩中提到韓琦、范仲淹、富弼、歐陽修等人，經過老師解說之後，「時雖未盡了，則已私識之矣。」〔註 8〕到後來，蘇軾還以和范仲淹緣慳一面爲終身之憾。這說明宋初大臣，早就顯現出積極用世的強烈傾向，因而能影響到蘇軾。王安石稍晚於范、歐而同朝在列，一生也是念念不忘於新政，想要以儒術和法治起國家之陳痾，圖謀富國強兵、抵禦外侮。蘇、王二人的用世志意，既是當時內有財用不足、外有邊虜覬覦的形勢所激，更和宋初以來士人從政者逐漸醞釀的風氣有關。

文人政治的另外一個特徵，就是「嚴君子、小人之辨」，這是承繼儒家的道德觀念，而由學者特別提出的綱目。

那麼如何分辨君子、小人呢？《論語・爲政第二》記載孔子說：「君子周而不比，小人比而不周。」孔安國說：「忠信爲周，阿黨爲比。」邢昺說：「言君子常行忠信，而不私相阿黨。」〔註 9〕《禮記・月令》「孟冬之月」一節說：「是察阿黨，則罪無有掩蔽。」鄭玄注解道：「阿黨，謂治獄吏以私恩曲撓相爲也。」〔註 10〕可知漢末以「曲循私心，阻撓法令推行」爲「阿黨」的內涵。宋人邢昺解說「小人比而不周」，正是指「小人是阿黨而不忠信的」，而他「阿黨」一詞的概

約，藏之太廟，誓不殺大臣言官，違此不祥。」見《筆記小說大觀》第十五編第三冊，臺北：新興書局，1960 年，頁 1565。

〔註 7〕《宋史》第十三冊卷三百一十四〈范仲淹傳〉，臺北：鼎文書局，1980 年 5 月，頁 10268。

〔註 8〕事見《蘇東坡全集上・范文正公文集敘》，臺北：河洛圖書出版社，1975 年 9 月，頁 313。

〔註 9〕《論語》，《十三經注疏》第 8 冊，臺北：藝文印書館，1976 年 5 月，頁 18。

〔註 10〕《禮記》，《十三經注疏》第 5 冊，頁 342。

念應該還是承襲孔安國的說法的。總之，以上的觀點都是集中在：君子用心於公（周），小人用心於私（比）。

但是早在西漢末年劉向就已經把「比周」合用爲一個詞，並且和「朋黨」並舉，意指這二者都是有「邪心」，都是小人的作爲。〔註 11〕這和孔子「小人比而不周」的用法已經大異其趣，孔子的「比」和「周」是相對的用法，而劉向把「比周」一同指向負面的意義。於是小人的行爲是比周的，小人的居心是阿黨偏私的，小人爲私利而聚合則稱之爲「朋黨」。

「朋黨」二字又是怎麼定義的呢？「朋」，《說文解字》說：「古文鳳，象形，鳳飛，群鳥從以萬數，故以爲朋黨字。」〔註 12〕所以「朋」字並沒有貶意。但是「黨」字在早期卻有貶意：《說文解字》說：「黨，不鮮也。從黑，尙聲。」〔註 13〕雖然《周禮・地官大司徒》說：「五族爲黨」，鄭注曰：「黨，五百家」，〔註 14〕「黨」成爲地方組織其中的一名。然而當先秦人提到「黨」字作動詞時幾乎都是當作貶意的。如《論語・述而》：

> 陳司敗問：「昭公知禮乎？」孔子曰：「知禮」。孔子退。揖巫馬期而進之曰：「吾聞君子不黨，君子亦黨乎？君娶於吳爲同姓，謂之吳孟子，君而知禮，孰不知禮？」巫馬期以告。子曰：「丘也幸，苟有過，人必知之。」〔註 15〕

《論語・衛靈公》第十五也說：「君子矜而不爭，羣而不黨。」〔註 16〕既然說「君子不黨」，反之，自然指偏私成黨的是小人了，這裡就是

〔註 11〕《漢書・楚元王傳》附傳，記載劉向上書元帝避朋黨之名說：「昔孔子與顏淵、子貢更相稱譽，不爲朋黨；禹、稷與皋陶傳相汲引，不爲比周。何則？忠於爲國，無邪心也。」見《新校漢書集注》（三），臺北：世界書局，1974 年 5 月，頁 1945。

〔註 12〕《說文解字》四篇上鳥部，臺北：蘭臺書局，1973 年 9 月，頁 150。

〔註 13〕同上註，頁 493。

〔註 14〕見《十三經注疏・周禮》。臺北：藝文印書館，1976 年 5 月，頁 159。

〔註 15〕《十三經注疏・論語》〈述而〉第七，臺北：藝文印書館，1976 年 5 月，頁 64。

〔註 16〕同前注，頁 140。

指孔子偏黨魯昭公，爲他文過飾非。《尚書‧洪範》也說：「無偏無黨，王道蕩蕩。」〔註 17〕於是「黨」字都指向了小人偏頗的負面行爲。久而久之，「朋黨」二字合用，乃成爲小人群聚爲非的一種表現。荀子就認爲士大夫就是「不比周，不朋黨」的，一切都是爲公家而努力的。〔註 18〕

「朋黨」既然是小人的表現，韓非子特別堅決反對「朋黨」的行爲，他認爲小人之害是：

> 交眾與多，外內朋黨，雖有大過，其蔽多矣。故忠臣危死於非罪，姦邪之臣安利於無功。忠臣危死而不以其罪，則良臣伏矣；姦邪之臣安利不以功，則姦臣進矣；此亡之本也。〔註 19〕

法家爲了專制帝王著想而力斥朋黨，帝王爲了自家性命和萬世子孫的安定著想，也是深深地提防著大臣結爲朋黨。同理，凡是被指涉爲朋黨的人，大都否認之。故而古來討論「朋黨」的文章不可勝數，大致可以分爲四個觀點：（1）君子無黨，小人有黨。（2）君子有黨，小人無黨。（3）君子小人皆有黨。（4）純君子純小人無黨，不純者有黨。有關第一點，是上述先秦、兩漢之際一般通行的看法，李德裕、司馬光等人接受這種觀點。第二點，歐陽修〈朋黨論〉主張小人爲利祿而暫時結爲朋黨，是假的朋黨；君子守道義、行忠信，同道而相益，是始終如一的朋黨。關於第三點，宋朝的王禹偁、范仲淹、秦觀和明朝高攀龍，以及清朝的魏禧，都是主張君子、小人都有黨，勸人主要用正去邪。關於第四點，只有明代王世貞主張之。〔註 20〕這些君子、小

〔註 17〕《十三經注疏‧尚書》〈洪範〉第十二，臺北：藝文印書館，1976 年 5 月，頁 173。

〔註 18〕《荀子‧彊國篇》說：「入其國，觀其士大夫，出於其門，入於公門，出於公門，歸於其家，無有私事也。不比周，不朋黨，倜然莫不明通而公也。」臺北：藝文印書館，1973 年 9 月，頁 522。

〔註 19〕見陳奇猷校注《韓非子集釋‧有度第六》，臺北：河洛圖書出版社，1974 年 9 月，頁 86。

〔註 20〕以上歸納出的四個觀點和詳細的引例解說，請參見雷飛龍著《漢唐

人的分辨方法，都是以品德爲依據，而且更把「爲公還是爲私」當作判斷的標準，從立論上看似乎各有其理由，但是落實到實際的政治生活上卻沒有一個絕對的準則。那就是：人人各自宣稱自己一切作爲都是爲公，都自認爲是君子，即使被指爲朋黨，也自詡爲正派且有益於國家；反之，則把政敵目之爲小人之朋黨，而極力擯斥之。

北宋的歐陽修、秦觀討論朋黨的意義，其目的就是在嚴辨君子、小人，分出不同的政治團體。宋朝政治團體的組成份子全部都是士大夫，士大夫在朝汲汲於劃分界線，無不是爲了營求自身的政治利益，同時也是受到了儒家傳統的君子、小人二分法的思想影響所致。這種二分法不但不能眞正釐清何者爲正人君子，更導致北宋後期新舊二黨互相傾軋不已的惡性循環的局面，在政治上導致了宋廷衰敗的局面，更在文學上產生了破壞（其實也是一種建設）的作用。此點將在後文討論之。

另外一種辨別君子小人的判斷標準，就是孔子所謂「君子喻於義，小人喻於利」〔註 21〕的義利之辨。孟子也說：「王何必曰利？亦有仁義而已矣。」〔註 22〕這二位先師指出了明確的方向：重視利的人屬於小人一類，只有君子才講究仁義。小人結爲朋黨爲的是什麼？他們是爲私利而結合。這個觀念在漢代得到了充分的擴張和肯定，西漢董仲舒回答江都易王說：「夫仁人者，正其誼不謀其利，明其道不計其功。」〔註 23〕從此「小人是興利者」這個概念，在士人的腦海中根深柢固。指稱政敵爲朋黨以誣陷排擠之，歷代都免不了有此現象。到了宋仁宗時，范仲淹以言事忤宰相呂夷簡，又作〈四論〉譏切時政，呂夷簡「以仲淹語辯於帝前，且訴仲淹越職言事，薦引朋黨，離間君臣」，〔註 24〕於是仁宗乃將范仲淹貶知饒州。歐陽修爲此寫了〈朋黨

宋明朋黨的形成原因》第一章緒論，臺北：韋伯文化國際出版有限公司，2002 年 9 月，頁 6～13。

〔註 21〕《論語・里仁》，同注 9，頁 37。

〔註 22〕《孟子・梁惠王》，《十三經注疏》本第 8 冊，頁 9。

〔註 23〕《漢書・董仲舒傳》，臺北：世界書局，1974 年 5 月，頁 2524。

〔註 24〕《續資治通鑑長編》第四冊卷一一八〈景祐三年五月丙戌〉條。臺

論〉爲范仲淹辯冤，並提出「君子有黨」的言論。論中的「君子、小人」，他定義爲：

> 大凡君子與君子，以同道爲朋；小人與小人，以同利爲朋。此自然之理也。然臣謂小人無朋，惟君子則有之。其何故哉？小人所好者，祿利也，所貪者，財貨也。當其同利之時，暫相黨引以爲朋者，僞也。及其見利而爭先，或利盡而交疏，則反相賊害，雖其兄弟親戚，不能相保。故臣謂小人無朋，其暫爲朋者，僞也。君子則不然，所守者道義，所行者忠信，所惜者名節。以之修身，則同道而相益；以之事國，則同心而共濟，始終如一。此君子之朋也。〔註25〕

這段言論把「義利之辨」拿來作爲君子、小人之別的標準。小人所以相黨不過爲一時的財利、祿位，時異勢遷，利盡則反目，是暫時性的結黨。君子以道義相結合，一切爲國家，忠信不移，是長久的朋黨。這樣的觀點後來就成爲舊黨分子對新黨攻擊時的口實，那就是新黨所實施的政策無不是爲了利。本文將在第四章「新舊黨爭與文禍」第一節有所討論，此處只提出緣起，以引出脈絡。

總之，君子與小人之辨，成爲後來新舊黨爭激化時，舉以劃分界線的最佳武器，凡事爭於國君、大臣之前，時常指責政敵爲小人之黨，欲除之而後快。政局之壞，誣稱政敵爲小人而傾軋之，確實是亂階之一。

第二節　儒學的復興與理學的形成

儒家學說自魏晉之後，在思想界的主導地位逐漸衰退，直到唐朝末年都不見起色，反而呈現出佛、道二家學說蓬勃發展的大趨勢。到了宋朝，儒學受佛、道的影響與刺激，興起了新一波的復興運動。何以佛道思想對儒學有這麼大的衝擊？當然要由長期以來佛道的發展

北：世界書局，1974年，頁1133。

〔註25〕《歐陽修全集》卷一，臺北：河洛圖書出版社，1975年3月，頁128。

所造成的壓力談起。

道教源起於各地先民的巫祝信仰，屈原的〈九歌〉紀錄了一部分的活動。先秦早就有所謂方士，而以燕、齊方士最爲著名，至戰國末年則有鄒衍、鄒奭等以宣說陰陽消息的思想，大受時君世主的崇信；秦始皇也相信徐芾海上仙山之說，派童男童女隨徐芾入東海。這些事蹟都見諸《史記》。〔註 26〕到了漢朝，陰陽五行的思想成爲一代的流行，流入上層統治階層的成爲政治上的帝德說、明堂說和月令系統；流入下層民間的則融合了符籙、煉丹、法術、治病和除妖等等的江湖之術。民間的道術逐漸被有心之士加以組織整理，成爲了有系統的宗教，東漢末年的張道陵就是其中一位最有號召力的領袖，一般都以他爲道教的創始者。道教因爲有自訂的儀式，遠奉黃帝爲始祖，在宗教學說上又奉《道德經》爲經典，而且融合各式各樣的傳統信仰，深受中國民眾的崇奉。魏晉南北朝時期，社會動亂不已，道教有它治病、安定人心的作用，持續的發展壯大，到了唐朝更成了朝廷欽訂的國教，上自帝王貴族，下至販夫走卒，多崇奉道教以爲風尚。

另外，以老莊學說爲主軸的道家思想在戰國時代也已流行，這由楚地出土的帛書本和索紞本老子可以得到證明。漢朝初年，統治階層更持著黃老思想以治國，與民休息數十年，而後才國富民豐，使漢武帝憑藉著這雄厚的國力，得以建立一世功業。雖然武帝名義上獨尊儒術，暗中卻還是持著黃老治術以駕馭臣下，歷任的漢朝帝王其實都是熟習於這種權柄的運用。魏晉時期，黃老思想在哲學上轉化出了玄學，以討論「名理」、「養生」、「形上之學」爲時代風尚，既可以逃避政治上的迫害，又藉此得到精神上的慰藉，這是道家思想流行於知識界的情形。唐朝的帝王既深信道教，對道家思想也有相當的體認，比如魏徵以無爲思想勸諫太宗（見〈諫太宗十思疏〉），顯示這是君臣共同接受的思想。北宋初期，幾位君王的治國策略都是持著黃老治術，以與民休息爲施政主軸。

〔註26〕見〈始皇本紀第六〉及〈孟子荀卿列傳第十四〉，《史記》，臺北：鼎文書局，1979 年 11 月，頁 247 及頁 626。

與道教的成立近乎同步，佛教在漢朝才傳入中土，東漢明帝爲攝摩騰、竺法蘭建白馬寺以翻譯佛經，是佛教傳入中國的明證。當時翻譯還不夠精確，中土的民眾認識不清，還把它看成如道教一般，以爲是方術的一種，並不特別重視。但在魏晉南北朝時，翻譯事業蓬勃發展，宣教大師繼踵而興，以格義之學與道家學說相比附，漸次爲民眾所認知。復以社會動亂，人命危淺，中土民眾信仰者日眾，以求在宗教的世界裡得到心靈的寄託。到了唐朝佛教更發展爲十餘大教派，到達了前所未有的興盛態勢。〔註27〕它從外來宗教的身分，漸次融合中國的文化，成爲道地的「中國佛教」。

在唐朝這種佛、道主導思想界的時代，儒學雖仍然受到朝廷的重視，列入科舉科目之中，但士子只爲求取功名而學習，所專注的是注疏一類的瑣碎之學，對儒家學說在思想層次上的提昇，以及思想體系上的重建，都無所發明。獨有韓愈見到佛、道的陷溺人心，恐怕儒學中絕，起來大聲疾呼，以道統相倡，力闢佛老。雖有振聾發聵的效果，不過除了弟子李翱能夠利用佛學思考方式，寫了《復性書》來宣揚儒學尚有心性之學外，〔註28〕其餘的迴響並不熱烈。從唐末到宋初，儒學還是甚爲沉寂的。

五代十國，姓氏更迭頻仍，國君代興之際，不顧君臣之義，甚至有歷事四朝十君而恬不知恥的，馮道即是一例。〔註29〕有宋趙氏統一天下，有愧於代柴氏而起的名義不正，深怕臣下有不服之心。故而一方面解除武將的兵權，一方面想加強統治的力量，當時想出的法子，

〔註27〕李曰剛《國學概論》所作的統計有十四宗。臺北：文津出版社，2001年9月，頁156。勞思光《新編中國文學史》（二）謂：「中國佛教有天台、華嚴、禪宗三支」係就中國自行發展出來者而言，臺北：三民書局，1990年11月版，頁289。

〔註28〕韋政通《中國思想史》謂：「李翱的性論夾雜佛教，這是時代的限制，是可以同情的。」臺北：水牛出版社，1995年10月，頁961。

〔註29〕見《新五代史》第五十四卷〈馮道傳〉，長春：吉林人民出版社，1995年12月，頁348。

就是既要重用文人，又要在思想上引導人心。最恰當的手法，就是重新努力倡導儒學，實際的作法是重視科舉選士，以科考儒家經典來引導士人的思想方向。在統治者的心目中，首先要重視的就是倫理綱常，以此來鞏固君臣關係以及社會秩序。一代宿儒歐陽脩正是這種言論的主倡者，他在《新五代史》卷十六中擔憂社會「三綱五常之道絕」、「君君、臣臣、父父、子子之道乖」，大力提倡倫理綱常之道。許總在《宋明理學與中國文學》裡指出：

> 可以說，倫理化特點正是宋學的基本內核，理學也正是在這樣的時代需要中成爲宋學的核心體現。〔註30〕

理學不但是政治界爲求國家穩固而興起的時代思潮，更要注意的是，學術界到了這個階段，自身也有極強烈的與佛、道相抗衡的自覺，理學即是在這個思潮下興起的產物。韓愈、李翺時期未能成功地推動儒學全面的復興，卻給了宋人極明確的啓示，要復興儒學，必需有一套足以與佛、道思想對抗的理論體系不可。

宋朝初年，太宗即主張「文德致治」，眞宗「尤重儒術」，仁宗則「務本道理」，特別重視提倡儒家政治思想。神宗的時候，決定罷詩賦而以經義策論取士，頒布王安石《三經新義》於學官，明示要以儒家的思想作爲國家考試的標準，在這個誘因之下，讀書人爲了進入政府機關工作一求溫飽，自然得熟悉儒家經典不可。

宋代人看待儒家經典已經和前人有所不同，他們在思想體系上和思辨方法上，對佛、道二家學說有所攝取，另行建構新的宇宙論系統和心性論系統，逐漸發展出哲學史上的新頁，一種新的儒學，初期名爲道學，後世稱之爲理學。〔註31〕本文依一般習慣稱理學，以便於與

〔註30〕許總《宋明理學與中國文學》第一章第一節，南昌市：百花洲文藝出版社，1999年9月，頁12。

〔註31〕「理學」一詞當以元末張九韶所輯《理學類編》最早使用，在此之前皆稱爲「道學」。可以參考勞思光《新編中國哲學史》三上第二章：（A）宋明儒學之分派一節的考證。臺北：三民書局，1990年11月，頁41。

道家之學區分。

理學初期的代表人物有周敦頤、張載、邵雍、程顥、程頤。周敦頤在他的《太極圖說》裡首先提出諸如「道」、「無極」、「太極」等詞語，結合《易》理以討論《太極圖》的意蘊，為後來理學家們開出一條康莊大道，逐漸的建立形而上的宇宙論。〔註32〕如此再向下溝通到人性論，以為「惟人也，得其秀而最靈」，賦予人類應該完成天地之心的任務。而道德能力最高的即是「聖人」，故《太極圖說》乃謂「聖人定之以中正仁義，而主靜，立人極焉。」其意即：

> 于是聖人定出中正仁義的規範，提出了「主靜」(無欲故靜)的修養工夫規勸人們「立人極」，成為與「天地合其德，日月合其明」的聖人或君子。〔註33〕

後來理學家都奉此種思想為圭臬，加以推闡。發展出二種初期理論：一是張載的「氣化的宇宙論」，〔註34〕二是朱熹所謂的「形而上之謂道，形而下之謂器」的「理氣二元論」。〔註35〕理學家們又由韓愈「道統」觀念加以推展，定出了「道統」的內涵。韓愈的「道統」只談到

〔註32〕勞思光《新編中國哲學史》三上說：「濂溪立說，雖以恢復孔子之儒學為志，但其所據則是《易傳》與《中庸》，故《太極圖說》及《通書》之思想，在形態上皆屬半形上學半宇宙論，而與孔孟之心性論大為不同。」本文據此而簡稱為「形而上的宇宙論」。頁48。

〔註33〕見董玉整主編《中國理學大辭典》，廣州：暨南大學出版社，1996年10月，頁75。

〔註34〕《張子全書》卷之二《正蒙・太和篇》云：「太虛無形，氣之本體：其聚其散，變化之客形爾。」又云：「太虛不能無氣，氣不能不聚而為萬物，萬物不能不散而為太虛，循是出入，是皆不得已而然也。」顯然他是以太虛為總名，應該等同於現代所稱的宇宙：氣則為實質，可聚可散，聚散不過是形體的表現。故本文稱之為「氣化的宇宙論」。刊在《四部備要》本・子部《張子全書》，臺北：臺灣中華書局，1976年9月，頁11。

〔註35〕《朱子語類》卷六十二〈楊通老問中庸〉云：「天地之間，上是天，下是地，中間有許多日月星辰，山川草木，人物禽獸，此皆形而下之器也。然這形而下之器之中，便各自有個道理，此便是形而上之道。」《景印文淵閣四庫全書》第701冊，臺北：臺灣商務印書館，1983年，頁225。

傳承系統，卻不曾談到「道統」的內涵。程朱、陸王學派都是以《尚書・大禹謨》的一段話作爲「道統」的內涵，〈大禹謨〉說：「人心惟危，道心惟危，惟精惟一，允執厥中。」〔註 36〕《朱子語類》卷七十八解說道：「道心者，天理也；微者，精微。」又說：「人心者，人欲也；危者，危殆也。」朱熹這麼解釋，則「存天理，滅人欲」這一口號，逐漸地就成爲理學家要求人們做到的道德性最高指導原則。

要人們「存天理」，就是要存「道心」。，張載自謂：「爲天地立心，爲生民立命，爲往聖繼絕學，爲萬世開太平。」〔註 37〕很明顯地自我期許能闡明天理，因爲負有這種重任，所以在現實世界當然要盡爲人的本分；盡爲人的本分要怎麼做，那就是由「爲生民立命」以下接連三句話所指出的方向做去。張載這個思想其實還是繼承了儒家「達則兼善天下」的理想，只不過包融了《易經・繫辭傳上》：「夫《易》，聖人所以崇德而廣業也。知崇禮卑，崇效天，卑法地。」的思想。《易傳》是將天地與人的關係相結合，人有能力效法天地之道，而且能修養德行（崇德）、推廣事業（廣業）。這種思想和周敦頤「惟人也，得其秀而最靈」的說法是相當一致的。把人的地位確立在萬物之上，認定人能認知天地之道，還有能力實踐天地之心。人群當中更有先知先覺者，「聖人」就是最能實踐天地之心的人，「聖人」的境界也是人人都要追求的目標。那要用什麼方法向聖人的路走去，孔孟教人日新月益，進德修業，德業有成之後，得行其道，更要追求「兼善天下」的終極理想。宋代學者凡是接受過儒學教育的，這種「用世的志意」，瀰漫於數百年的政治活動中，而北宋的新舊黨爭的起因，正和這股理學所推動的「用世的志意」脫離不了關係。同時在文學的表現上，這一積極昂揚的參政志意，自然會在有意無意間宣洩出來，我們在北宋後期的歌詞裏，是不難尋繹出來的。

此外，理學的著重哲理，甚至討論到形上之學，不但在學術思想上大大的拓展了視野，而且帶給了一般文學之士更高遠、更超逸的思

〔註 36〕見《十三經注疏，大禹謨》第 1 冊，頁 55。
〔註 37〕《近思錄拾遺》，刊於《張載集》，北京：中華書局，1978 年，頁 376。

致，不論是詩、文、詞、小說、戲劇各方面，都開創了前所未有的輝煌成就。

第三節　黃老治術與因循守舊的風氣

晚唐五代的政權更迭極為頻繁，而各國之間也互相攻伐，無一寧日，人民生活艱困痛苦。到了趙宋以不流血取代後周，深切的體會到與民休息的好處，所以自太祖、太宗開國奠基以來，所採取的治國方略，就是道家「清靜無為」的政策。開國時的宰相趙普處理政事，常「置二大甕於坐屏後，凡有人投利害文字，皆置其中，滿即焚之於通衢。」〔註 38〕宋太宗治國也是崇尚黃老之術，嘗自云：「清靜致治，黃老之深旨也。夫萬物自有為以至於無為，無為之道，朕當力行之。」〔註 39〕趙普這種因循墨守的作風，若不是獲得皇帝的默可，又哪可以長久在位？宋太宗採取這種治民的態度，對人民而言可以稱為「與民休息」，對政治興革的一面來說，卻容易「姑息養姦」，若對國外四夷採取這種態度，則可以稱之為「養癰貽患」。

從太宗經歷眞宗、仁宗，官吏以墨守祖宗家法為習，庸庸碌碌的官員尸位素餐的比比皆是，逐漸的違法亂紀的現象也都習以為常。故《宋史》說：

> 時朝政頗姑息，胥吏喧嘩則逐中執法，輦官悖慢則退宰相，衛士凶逆而獄不窮治，軍卒詈三司使而以為非犯階級。光言皆陵遲之漸，不可以不正。〔註 40〕

中央的官吏不但本身多有違法，對違法犯紀的也務在姑息，司馬光雖然職位尚卑，卻敢於多次批評，可惜仁宗還是安於現實。地方上更是

〔註 38〕見羅大經《鶴林玉露》卷十一，《景印文淵閣四庫全書》第 865 冊，臺北：臺灣商務印書館，1983 年，頁 350。

〔註 39〕《續資治通鑑長編》卷三十四，〈淳化四年閏十月丙午〉條。臺北：世界書局，1974 年，頁 356。

〔註 40〕《宋史》第 13 冊卷三百三十六〈司馬光傳〉，臺北：鼎文書局，1980 年 5 月，頁 10758。

令人驚訝，歐陽修說：

> 竊見近日賊人張海等入金州，劫卻軍資甲仗庫，蓋爲知州王茂先年老昏昧，所以放賊入城。及張海等到鄧州，順陽縣令李正己用鼓樂迎賊入縣飲宴，留賊宿於縣廳，恣其劫掠。其李正己亦是年老昧昏之人，京西按察使陳洎張昇，自五月受卻朝廷詔書後，半年內並不按察一人，如王茂先、李正己，並顯然容庇，不早移換，致得一旦賊至不能捍禦。〔註41〕

地方的縣令不能剿滅賊寇，甚至還迎宴於政事廳，可謂荒謬之極，而按察使卻片言不報，官吏顢頇姑息竟到此地步。再如宋眞宗朝時，都尉李和文有一次召軍妓夜宴，諫官上疏彈劾，楊億以此事告知王旦，王旦不以彈劾爲然，退朝後反而題小詩送交李和文。次日，眞宗見彈劾奏章，欲處罰李和文，問王旦，王旦反而爲李辯解說：「臣嘗知之，亦遺其詩，恨不得往也。太平無象，此其象乎？」眞宗聽後，意亦釋之。（見《宋人軼事彙編》卷五）軍官召妓夜宴，本來是違背官場規矩的，所以諫官才要彈劾，王旦卻以「太平無象，此其象乎？」強加解釋。這一面是要討好眞宗的「太平心態」，一面又曲爲掩飾屬下的違紀。這種心態本來可議，而眞宗竟然不加以追究，可見眞宗也是持著姑息的態度，以減少政治上的紛擾。只要據王瑩《群書類編故事》卷九所記「眞宗臨御歲久，中外無虞。與群臣燕語，或勸以聲妓自樂」這一件事來看，〔註42〕原來眞宗本人就是這種態度，這不正是「清靜無爲」思想下的墨守（也是享樂）態度嗎？

范仲淹的慶曆新政實施不到兩年就失敗，推考其原因，完全是保守勢力對改革的反撲。在經過十年之後，即仁宗至和二年（1055）六月，歐陽修與賈黯聯名上疏指出：「紀綱日壞，政令日乖，國日益貧，民日益困，流民滿野，濫官滿朝。」〔註43〕因循墨守的風氣繼續瀰漫

〔註41〕見《歐陽修全集》卷四《奏議集》〈論京西官吏非人乞黜按察使陳洎等箚子〉。臺北：河洛圖書出版社，1975年3月，頁176。

〔註42〕《群書類編故事》卷九，臺北：臺灣商務印書館，1981年，頁175。

〔註43〕趙汝愚《諸臣奏議》卷十三〈上仁宗論人主不宜好疑自用與下爭勝〉，

到仁宗時代，對國家整體的不良影響，已經到了積重難返、沉疴莫起的地步。

稍早，在王安石進士及第時，樞密使晏殊以同鄉的原故，特別招待他，口授爲官之道說；「能容於物，物亦容矣。」〔註 44〕以晏殊當時地位聲望之高，而持有這類相互曲爲包容的作風，可能正象徵著當時因循的時代風氣吧！王安石並沒有受到晏殊的影響，他在後來的〈本朝百年無事札子〉中，對仁宗朝的回憶說：「一切因循自然之理勢，而精神之運有所不加，名實之間有所不察。」〔註 45〕顯然對因循之風，他老早就有所不滿了。至於「政令日乖」，從某一方面看，是新時代的環境有了極大的改變，官府率由舊章，政令已經與現實乖離；另一方面，也可以說官民早就暗自違法犯紀，由於息事寧人心態太重，長久以來政令的執行都是不彰的。以上兩種情形都可以稱之爲「政令日乖」吧！不守法的、因循守舊的、不思作爲的冗員太多，所以歐陽修等的章疏才指出「濫官滿朝」。

其實「濫官滿朝」的問題不是到仁宗朝才嚴重起來，在眞宗即位那一年，刑部郎中知揚州王禹偁在應詔上書時就指出了「冗員」的問題。〔註 46〕這個問題是在開國不久就逐漸形成，政府爲了禮遇文人，一方面逐年加額錄取進士，另一方面又必須安排進士出路，只好增加各府署員額，造成了官多事少的現象。甚至有無事可作的「冗官」，政府還是給與薪給。官員平常處理公務不多，甚至於連處理的經驗都沒有，幾年後經過「磨勘」，升任治事的主管時，遇到不會處理的事，

刊在《宋史資料萃編》第二輯第二冊，臺北縣：文海出版社，1970 年 5 月，頁 646。

〔註 44〕王銍《默記》卷中。《景印文淵閣四庫全書》第 1038 冊，臺北：臺灣商務印書館，1983 年，頁 340。

〔註 45〕見《王安石文集》卷四，臺北：河洛圖書出版社，1974 年 10 月，頁 34。

〔註 46〕《續資治通鑑長編》卷四十二，至道三年十二月甲寅條。臺北：世界書局，1974 年，頁 410。

只有依照往例處理，這樣因循守舊的狀況之下，自然就使得吏治不彰，整個國家機器到處都運作不暢。歐陽修、賈黯不過是總結積害，並不是提出預警。然而由於仁宗年事已老，本身個性也屬於保守因循一派，終究沒有決心大大的改革，所以慶曆新政才歸於失敗。一直要等到年輕氣盛的神宗上臺，才發起全面的改革，不料龐大的官僚體系經這麼一番大撼動，反而造成了激烈的黨爭，甚而迅速毀敗了國家的根基，無法面對外族的侵凌，導致了北宋的覆亡。新舊黨爭的起因之一，即在改革因循守舊的官僚體系，不料所引起的互相傾軋如此激烈，扭曲的黃老治術，弊害於焉浮現。

第四節　政治的弊病與變法的迫切性

經過近乎百年的蓄養生息，從都市的興起、經濟的繁榮、人民生活的富樂上看，似乎眞的是太平盛世。繁榮的表面之下，卻潛伏著極多的隱憂，范仲淹就在〈奏上實務書〉裡邊痛切的指出「積弱」「積貧」「三冗」等問題。以下分別簡要述論之。

「積弱」指的就是軍事上的弱，邊防上的弱，甚至是國家全體的弱。

就以中央與地方上軍權的輕重來看，有宋朝廷重中央而輕地方，中央的軍權表面上交給文人，實權全部掌握在皇帝手中。曾繁康在其《中國政治制度史》中，指出：宋代在中央制度上，盡收中央之權於君主，宰相處理庶政須事事以箚子請旨，得旨再擬具辦法，復送君主審查。宰相沒有主政權，沒有考課及用人權，更沒有過問兵事之權，宰相只成爲辦理文書之人。另外，朝廷又設副相數位，以分割相權，如此責無專屬，則事難有成。其下的六部也是權位不符，不能發揮設置官職的作用。〔註47〕另外，爲了矯正唐代藩鎮之害，在地方行政上

〔註47〕曾繁康《中國政治制度史》第三章第三節，頁66～69；第四章第三節，頁116～117。臺北：華岡出版有限公司，1979年7月。

採取三項措施，一是使文臣出守列郡，二是將地方政府權力完全收歸中央，三是使地方官吏盡量發生互相牽制的作用，這些措施造成了宋代的內重。曾氏評道：

> 原來制國之道，最重「大小相維，輕重相制」，以收中央與地方平衡發展的效果。現在宋代中央權力壓倒地方，地方不能作事，國家之積弱隨之。〔註48〕

以上說明了國家體制上本身的缺陷。

再說北宋邊防上的積弱。宋太祖登基後，知道契丹是大敵，燕雲重鎮一時難下，於是定下了「先南後北」的軍事謀略。南方各國不是偏居一隅，就是內部不合，他有各個擊破的能力。恰巧這時候（建隆三年 962），湖南的朗州與衡州互相攻擊，朗州的周保權遣使求救，宋軍假道南平前往援助，就此一舉平定湖南、湖北之地。後蜀陰欲與北漢勾連，宋軍藉此理由出師滅了後蜀，時爲乾德三年（965）。南漢君主殘暴，民眾離心，宋軍遠征，勢如破竹，開寶四年（971）滅南漢。開寶九年（975），又滅了南唐。可以說是武功赫赫。太宗太平興國三年（978），吳越又自動歸降，次年，遂大舉攻滅北漢，中原大體統一。此時自以爲必定能擊走契丹，收復燕雲之地，未料卻在高梁河大敗，僅以身免。經此一戰，精銳折傷，宋軍士氣大挫。雍熙三年，再度北伐，不料岐溝關之戰，宋軍大潰，從此宋朝政府不但無力北伐，還不得不與契丹談和，採取守勢。在此同時，西北的党項又脫離宋朝的約束，蠢動起來。北方的契丹以及西北的党項，成爲宋太宗臨終前最引以爲憾的「一身二疾」。眞宗踐祚未久，景德元年（1004），遼軍大舉來犯，宰相寇準力主眞宗親征，雖然未及交兵而談和，宋朝表面上贏得稱兄的面子，實際上卻得歲納銀十萬兩、絹二十萬匹予契丹。宋仁宗大慶三年（1038），李元昊立國稱西夏，經過五年互相征戰，慶曆三年（1043），雙方談和，宋政府歲納銀七萬兩、絹十五萬匹、茶葉三萬斤與西夏。如此換取了數十年的安定，其實是相當屈辱的。

〔註48〕曾繁康《中國政治制度史》第五章第三節，頁160。

邊防的虛弱和軍事的無力，既是皇帝的心腹之患，也是愛國臣民的隱憂。這是戰爭殺傷的因素造成國防的積弱。

另一方面則是軍隊素質的問題。「重文輕武」、「強幹弱枝」是宋太祖、太宗立下的祖宗家法，本來是爲了中央集權的目的設下的妙計，卻使武人地位從此低落。最先，要大將解除兵權，讓文人帶兵，這樣下來則將不習兵，兵不曉將，可以避免驕將擅權。其次，則是將各地的精兵調至京師，既有防衛的作用，又可以就近看管，以免在地方上作亂，似乎用意甚佳。然而留在各地的老弱殘兵，連緝盜都沒有能力，更不用談作戰了。歐陽修在其〈論江淮官吏箚子〉中就提到：

> 昨王倫事起，江淮官吏未行遣之間，京西官吏又已棄城而走，望賊而迎，若江淮官吏不重行遣，則京西官吏亦須輕恕。京西官吏見江淮官吏已如此，則天下諸路亦指此兩路爲法，在處官吏，皆迎賊棄城、獻兵納物矣，則天下何由不大亂也。〔註49〕

這裡面指出地方的官吏不敢剿賊，這是爲什麼？自然是因爲不習兵事，再深入推想，那必然是士卒老弱，久未訓練，不堪驅使。地方如此，中央如何？戍守中央的禁衛軍本是各地的精兵，處於富庶的京城，安於享樂生活，復以將領是文人，不知如何練兵，日久，則禁軍們疏於武藝，早柔化爲常人了。且士兵多爲募集而來，甚至召募荒年的饑民，或小有犯紀則在臉上刺字，十足地輕視武人。以這種孱弱素質的軍隊作戰，怎能打贏勝仗。以上是積弱的又一面。

如何是「積貧」？宋朝自建國以來，兵員人數迅速增加，所耗費的軍糧軍餉尤其可驚：由開國初年的二十二萬兵員，至開寶年間天下大致底定，擴充爲三十七萬餘人。二十年後，至道年間，已達六十六萬人；眞宗天禧年間，已有九十多萬；仁宗在位時，兵力多達百二十六萬人，其中禁軍即有八十二萬之眾。要養活如此龐大的兵員，軍費、

〔註49〕《歐陽修全集》卷四《奏議集》，臺北：河洛圖書出版社，1975年3月，頁184。

糧餉之浩繁，亦可想而知。

復次，就是「冗官」所造成的積貧。宋代初年科舉每年一次，但取士較嚴，數量不多。宋太宗之後，或隔年，或三年一試。在唐朝時進士及第通過者，常常不過二、三十位，而宋朝錄取進士常常是一次二、三百位，有時一次多達五、六百位。其餘諸科有多達七、八百人的。「唐朝進士及第後需要再經吏部考試合格才授以低職官階，宋代進士一經錄取，便可釋褐爲官，高科者即可注授判官、知縣、幕職等差遣。」〔註 50〕宋朝官員的人數逐漸擴大起來，爲了禮遇讀書人，不一定依照國家需要，卻也廣設了各種名目，如以恩科、恩蔭補官取士任官。〔註 51〕既然任官人數大增，於是廣設「官」、「職」，以安置冗員。〔註 52〕只有「『差遣』是宋代官員獲得實際職務的主要途徑。」〔註 53〕歷經眞宗到仁宗朝，奉養官員的薪給已經成爲朝廷財政上極大的負擔。

「積貧」的問題和上述「納幣帛給遼、夏」、「各地多養老弱殘兵」、「冗兵過多」、「冗員過剩」、「冗費浩繁」起著絕對的關係。蔡襄曾做一個統計，每年爲了養活禁兵、廂兵的開支，約占朝廷每年稅收的六分之五。若再加上上述的「冗官」所需的薪給，至仁宗朝時，朝廷財政赤字已經超過三百萬緡，整個國家就是不折不扣的「積貧」局面。

「積貧」、「積弱」、「冗兵」、「冗官」、「冗費」，各方面的弊病已

〔註 50〕據郭東旭《宋代法制研究》第二章第三節〈宋代的選官法〉，保定：河北大學出版社。2000 年 8 月，頁 88。

〔註 51〕同前注頁 90 云：「恩科是指應舉之人因屢試不第而年齡已大，由貢院另立名冊上奏，由皇帝降格錄用，故稱特奏名：由於他們的出身是由皇帝特別恩賜的，所以也稱恩科。」又頁 92 云：「恩蔭任子是宋代科舉之外的另一種選官制度，是傳統的世官制的殘存形式，即官員子弟可以憑藉父兄的官位品階直接得到一定官位。」

〔註 52〕《宋代法制研究》第二章第三節〈宋代的選官法〉說：「『官』是定祿秩、序位者，表示官階等級的一種虛銜，……但都不擔任實際職務，沒有實際職權，故稱『寄祿官』。……『職』是加給有才學名望之士的一種榮譽，亦沒有實際意義。」，同前注，頁 93。

〔註 53〕同前注。

經使這個表面上安樂富庶的社會，變得脆弱不堪。在安於享樂的冗官眼中是見不到的，要不然就是視若無睹，但是在眞正關心國事、有理想抱負的讀書人的眼中，卻是看作迫切的危機。范仲淹的改革雖然失敗，就在這同時期，年輕的王安石懷著積極改革、富國強國的理想，極爲了解變法的迫切性，無論在地方或中央任職，已經逐步地在建構他的新法。此點，本文將在第四章討論王安石的變法有所敘明。

第五節　文弱風氣的形成

宋人普遍具有文弱的特質，不但明顯的表現在政治上，也表現在社會文化的層面上。社會所充斥的文弱風氣，可以從以下幾個方面觀察出端倪：一是軍事上長期的積弱不振，心態上對外侮自然的示弱。二是國君公然的提倡享樂，又重視文人，輕視武人。三是在城市經濟蓬勃發展下，人們逐漸著重享樂，沉迷於聲色之娛，漢唐武勇風氣不再。四是以士大夫爲主體所提倡的溫柔敦厚思想，影響社會上、下階層。五是黃老思想保守風氣的的四處瀰漫。第四、五點已經在上文有所論述，以下就前三點分別概述之。

開國之初，太祖、太宗對契丹極爲畏懼，因爲對軍力的孰強孰弱，心知肚明。太宗後來終於攻滅了北漢，在一時志得意滿之下，以爲乘機可以恢復燕雲十六州，乃繼續向北推進，結果立即遭來高粱河中箭狼狽而逃的下場。數年之後，重圖北討，又遭到岐溝關的大敗，此後，再也不敢談北伐的事。君臣上下，均有厭戰的心理。宋眞宗景德元年（1004）九月，契丹入寇，中外震驚，參知政事王欽若、簽書樞密院事陳堯叟，驚懼不已，力勸眞宗以避敵爲上。後來，寇準極力主張御駕親征，並宣之於朝臣前，在不得已的情況下，眞宗戰戰兢兢的上到前線，好不容易鼓起前線的士氣，終於訂立澶淵之盟，勉強獲得和平的收場。但是卻必須歲納銀、絹與契丹，實際上還是屈辱的。眞宗還諭群臣說：「吾不忍生靈重困，姑聽其和可也。」其實他的心中還是怯懦畏戰的。當時的宰執大臣心態也一樣，《河南邵氏聞見前錄》說：

> 咸平、景德中，李文靖公沆在相位、王文正公旦參知政事。時西北二方未平，羽書邊報無虛日，上既宵旰，二公寢食不遑。文正公嘆曰：「安得及見太平，吾輩當優遊矣！」〔註 54〕

在邊烽未靖之際，大臣就有苟安求和的心理，所以訂下的和約，竟然是納幣、輸絹。到了仁宗朝，對小小的西夏不思如何平定，依樣畫葫蘆地，也是承認西夏的立國地位，並且歲納銀帛，還加奉茶葉。這樣做只是爲了換取一時的安定和平。延至英宗朝，舉國早就習慣這種示弱的心態。如《宋人軼事彙編》卷七說：

> 神宗開潁邸，英宗命韓魏公擇官僚，用王陶、韓維……皆名儒厚德之士。王陶、韓維進止有法。一日侍神宗，近侍以弓樣靴進，維曰：「王安用武靴」，神宗有愧色，亟令毀去。〔註 55〕

神宗尚爲藩王時，年輕氣盛，富有勇武精神，卻被幾位大臣勸止。這些大臣以爲，你是將來的國君，一國之君「何必尚武」。難怪當神宗一即位，問老臣富弼邊防之事，富弼便給神宗吃閉門羹道：「願二十年不言『用兵』二字。」〔註 56〕

對外的心態如此，對內的政策又是如何？宋太祖在開國不久，以杯酒釋兵權取得了絕對的軍事掌控權，他對石守信等人所說的話留下一條祖宗家法——「重文輕武」的政策；另外叫臣子們不要妄想奪取皇室政權，提出「不如多積金帛、田宅以遺子孫，歌兒舞女以終天年」〔註 57〕的這種想法，指示出一條享樂人生的路，從此一干文武大臣都成了這一路線的實踐者。

宋初以文人代替武人之職，文人本來就不習武事，不知如何練兵，更不崇尚勇武的精神，遇有戰事，則消極保守，採取守勢。如范

〔註 54〕邵伯溫《河南邵氏聞見前錄》卷七，北京：中華書局，1985 年，頁 48。
〔註 55〕《宋人軼事彙編》卷七，臺北：源流出版社，1982 年 9 月，頁 274。
〔註 56〕《河南邵氏聞見前錄》卷五〈熙寧初〉條，頁 30。
〔註 57〕見本章注 2。

仲淹被任命爲陝西經略安撫副使兼知延州，臨行上表皇帝，表示「志存殄寇」、「誓平此賊」。〔註 58〕但是，到了塞上持邊，卻採穩重的守勢，不輕易出兵。〔註 59〕當然從兵法來看，范仲淹也不爲無謀，因爲西北地方幅員廣闊，軍隊行動易爲敵人探知，且軍糧運送極爲困難，天候也變化無常。總之，延州宜守不宜攻，確實是較佳的選擇，所以范仲淹所在的州鎮，大都安堵如山。實際上他的心中也非常明白，要掃平西北恐怕是遙遙無期了。當時曾寫下〈漁家傲〉詞以寄懷，後片道：

> 濁酒一杯家萬里。燕然未勒歸無計。羌管悠悠霜滿地。人不寐。將軍白髮征夫淚。〔註 60〕

這種文人無力掃平邊疆的苦悶心理，和唐朝人王昌齡「黃沙百戰穿金甲，不破樓蘭終不回」〔註 61〕（〈從軍行〉）的豪邁進取心態，眞是不可同日而語。

又如前一節所述，朝廷優禮文人，提倡儒學，大開入仕之門，又給以優厚的薪俸，反過來對武人則極爲鄙視。比如仁宗朝的大將狄青，雖官至樞密使，但是因爲少了一個「進士及第」的資歷，就被韓琦等文臣瞧不起。尹洙曾說：

> 狀元登第，雖將兵數十萬，恢復幽、薊，逐強敵於窮漠，凱歌勞還，獻捷太廟，其榮亦不可及也。〔註 62〕

這一定不止是尹洙一個人的想法，當時舉國上下早就對宋太祖的「偃武修文」政策起了共鳴，以人民希望過安定和樂日子的心態，配合皇

〔註 58〕《范文正公集》卷十五〈延州謝上表〉，《景印文淵閣四庫全書》第 1089 冊，臺北：臺灣商務印書館，1983 年 3 月，頁 726。

〔註 59〕《宋史・范仲淹傳》第 13 冊卷三百一十四稱范「第按兵不動，以觀其釁」。臺北：鼎文書局，1980 年 5 月，頁 10270。

〔註 60〕《全宋詞》（一），臺北：盤庚出版社，1978 年 10 月，頁 11。

〔註 61〕《全唐詩》（二）卷一百四十三，臺北：盤庚出版社，1979 年 2 月，頁 1444。

〔註 62〕田況《儒林公議》，《景印文淵閣四庫全書》第 1036 冊，臺北：臺灣商務印書館，1983 年 3 月，頁 278。

帝優禮讀書人的政策，士人的地位自然提昇。能夠狀元及第，不但是皇帝所欽定，榮耀非凡，更是全國人民所艷羨不已的。若是武將奏捷，凱歌歸朝，似乎有功國家，而殺傷甚眾，幾家野哭，其實終有不圓滿之處。兩相權衡，宋人在心理上當然傾向於重文輕武，由於素來鄙視武人，柔弱的時代風氣乃逐漸養成。

再從宋代經濟上看，城市經濟發展尤其迅速，人口聚集了，商業活動繁盛了，娛樂事業也跟著發達起來。娛樂的主題不外乎「酒肉聲色」，亦即滿足人類耳目身體之慾望，酒肉是基本生存之道，聲色則是更進一步的享樂。宋人承唐代歌舞狎妓之習，再加上宋代社會經濟的發達，聲色之娛有了更進一步的發展，而萌芽於唐代的詞樂，在此時更是「繁聲淫奏」，令人有目不暇給、耳不暇聞之感受。詞樂基本上是發展於茶肆酒館之中的音樂，音樂的表現自然趨向悅耳委婉，甚至是淫靡，無論如何，總不至於向雄壯昂揚的風格發展。加以陪著酒客的是年輕貌美、鶯聲燕語的美女，於是詞樂在流行的趨勢上是走著婉約的路線，所謂「淺斟低唱」是也。南宋初年的王灼，在所著《碧雞漫志》裡討論古今歌者不限男女，他說：

> 古人善歌得名，不擇男女。戰國時，男有秦青、薛談、王豹、綿駒、瓠梁。女有韓娥。漢高祖〈大風歌〉，教沛中兒歌之。……唐時，男有陳不謙、謙子意奴、高玲瓏、長孫元忠、侯貴昌、韋青、李龜年……。女有穆氏、方等、念奴、張紅紅、張好好……。今人獨重女音，不復問能否。而士大夫所作歌詞，亦尚婉媚，古意盡矣。〔註63〕

宋人的「獨重女音」，正可顯示當時社會以「柔弱」為主流的審美風尚。除了聽音樂喜歡聽柔靡的艷歌，到了自己填詞時也免不了綺情綺語，故宋初諸名家詞，或有以「男子而作閨音」的。〔註64〕或有以男性之身份，表現卻甚為綺艷的。沈雄《古今詞話》引江尚質語曰：

〔註63〕《詞話叢編》第一冊，頁79。

〔註64〕楊海明《唐宋詞主題探索》有〈男子而作閨音〉一文詳述此一現象。高雄：麗文文化公司。1995年10月，頁1～13。

> 賢如寇準、晏殊、范仲淹、趙鼎，勛名重臣，不少艷詞，即丁謂、賈昌朝、夏竦，亦有綺語流傳。以及蔡京、蔡攸，各有賞識，累辟大晟府職，當不以人廢言也。〔註65〕

這些名儒重臣，公餘之暇，多喜歡沉醉在綺筵歌席旁邊，那莊嚴雄肆的廊廟胸懷，在此暫時拋諸腦後，怎麼會不油然養成「柔弱」的心態？後來，程頤曾就此心態批評說：「今人都柔了，蓋自祖宗以來，多尚寬仁，……由此人皆柔軟。」〔註66〕

在上層的統治集團都養成了這個心態，那麼在下層的凡夫百姓必然是有「甚焉者」囉！如李遵勖所寫的汴京元宵詞〈滴滴金〉：

> 帝城五夜宴遊歇。殘燈外，看殘月。都人猶在醉鄉中，聽更漏初徹。　　行樂已成閒話說。如春夢，覺時節。大家同約探春行，問甚花先發。〔註67〕

據《能改齋漫錄》卷十七記載：宋初元宵本來放燈三日，後因吳越王納土，「進錢買兩夜」，故又添上十七、八兩夜的燈，故放燈共五夜。〔註68〕此詞描寫連續五夜宴遊，顯示都市生活如何的繁華熱鬧，之後，「都人猶在醉鄉中」，市民又是如何的沉醉而放縱。再如《東京夢華錄》記清明節的情景，有一段云：

> 四野皆如市，往往就芳樹之下，或園囿之間，羅列盃盤，互相勸酬。都城之歌兒舞女，遍滿園亭，抵暮而歸。〔註69〕

《東京夢華錄》多寫的是徽宗時京城生活，這裡只舉其一斑。李遵勖在眞宗時尚萬壽長公主，卒於仁宗寶元元年，他的詞當是眞、仁宗二朝的最佳寫照，如果《能改齋漫志》所述添兩燈的事屬實，那宋太宗

〔註65〕沈雄《古今詞話》上卷〈不以人廢言〉條。刊於《詞話叢編》第一冊。北京：中華書局，頁760。

〔註66〕《朱子語類》卷一百三十三〈伊川嘗說〉條，《景印文淵閣四庫全書》第702冊，臺北：臺灣商務印書館，1983年3月，頁691。

〔註67〕《全宋詞》(一)，盤庚版，頁10。

〔註68〕《能改齋漫錄．詞話》卷十七，《詞話叢編》第一冊，頁146。

〔註69〕孟元老《東京夢華錄》卷七，《筆記小說大觀》第九編第五冊，臺北：新興書局，1981年12月，頁3208。

時期的市民生活，已經繁華異常。由宋朝初期到徽宗末年，中原之地未曾識干戈，百數十年的歌舞昇平、紙醉金迷，相應地，心態上會形成如何的柔弱不振，亦可想而知。

第三章　新舊黨爭前的詞學發展

近來許多討論詞學的專書，幾乎一致都認爲，宋初的詞壇大抵是沉寂的，時間甚至長達五十年左右。〔註 1〕這種觀點，就是針對詞的題材或風格上的格局未開而立論的。

宋初詞壇被認爲甚爲沉寂，可以觀察出來的現象是：(一) 宋初塡詞家不多。(二) 當時想在詞藝下功夫，以立「一家之名」的努力，似乎並不多見。(三) 大多數文學家對詞體的地位是持輕視態度的。

詞體所以被看輕，當然和詞所產生的場合有關。詞是依附詞樂而塡寫的，詞樂演奏的場合不是在歌館樓台，就是在宮廷宴會裡，在酒酣耳熱之際詞是被拿來娛賓遣興用的。那些唱詞的都是一些歌妓、小姑娘，她們既沒有崇高的社會地位，也不被認爲具有高妙的藝術修養，而歌詞的內容又都是應景的旖旎之情，在宋朝初年，能夠跳脫出來的作品並不多見，於是詞的出身就一直被看輕。題材的狹窄又影響

〔註 1〕吳熊和《唐宋詞通論》謂：「……但宋初詞壇沉寂，教坊樂和太宗所製曲都未見轉爲詞調。《碧雞漫志》卷二說：『國初平一宇內，法度禮樂，寖復全盛，而士大夫樂章頓衰於前日。』這種狀況一直延續了半個世紀之久。」杭州：浙江古籍出版社，2001 年 10 月，第 139 頁。又楊海明《唐宋詞史》也說：「鑒於詞的實際情況——從宋初到眞宗朝前期的五十年左右，詞壇基本尚處於『青黄不接』的沉寂階段，而自眞宗朝後期到仁宗朝的五十餘年，詞壇才又重新熱鬧起來。」高雄：麗文文化事業公司，1996 年 2 月，頁 174。

到「詞風的少變化」這一層面上。「詞風的少變化」和它被傳唱的場合、描述的景況起著絕對的關聯，使得無論是聽者或是創作者，在主、客觀的思想裡，都是不願意正視小詞的，只是把詞當作遣玩光景的媒介而已。從聽者而言，聽賞之人在意識上並沒有強烈地要求歌詞的新變，但求音樂之適耳而已。從創作者而言，一個原因可能是創作者藝術水平不高，另一個原因可能是創作者水平雖高，卻無意於擴大題材、開創風格。因此，在北宋前期，詞樂是多樣化的，是動聽悅耳的，稱爲「繁聲淫奏」是非常適合的一種形容。〔註 2〕相對地歌詞的發展，被文學界稱爲「沉寂」也是大致正確的。

雖然詞壇發展不是百花齊放、新變奪目，然而文學之士多少還有所表現。在宋朝開國之際，一些在朝的文人若不是後周遺民，也是方國被討平後歸降的臣民，其中西蜀、南唐詞人尤多，於是宋初詞人的作品自然沿襲著五代、南唐的風格，這是以下第一項要討論的。而稍有懷抱的詞人，必定會不甘寂寞，想自創風格，其中最值得重視的是，已經有少量豪放風格的作品產生，這是其次要討論的。接下去要談的是，仍舊有幾位詞人想要有所突破，嘗試以慢詞的形式、鋪敘的手法，一展自己的才華。

第一節　北宋早期詞風延續五代、南唐風味

五代詞風的特色是什麼？《花間集》本來是收集五代時期的作品的，其所錄共十八家，卻以晚唐的溫庭筠爲首。王世貞謂：「溫飛卿所作詞曰《金荃集》，唐人詞有集曰《蘭畹》，蓋皆取其香而弱也。然則雄壯者，固次之矣。」〔註 3〕已說明溫詞風格的香軟特徵。王士禛又以爲：「溫、李齊名，然溫實不及李。李不作詞，而溫爲《花間》

〔註 2〕吳熊和《唐宋詞通論》第三章第五節之二「北宋新聲競繁，眾體兼備，詞調大盛」，杭州：浙江古籍出版社，2001 年 10 月，頁 139。

〔註 3〕《藝苑卮言》〈金荃蘭畹之取義〉條，《詞話叢編》第一冊，北京：中華書局，1986 年 11 月，頁 386。

鼻祖。」〔註4〕這裏說出溫在詞上面的成就獨高，並認爲溫爲《花間》代表，雖然其餘各家在仔細分析之下，尚有幾位自具風貌，但大致而言，溫詞的風格特徵幾乎可以代表五代詞的整體特徵。《花間集》的整體風貌又是如何？郭麐言：「風流華美，渾然天成，如美人臨妝，卻扇一顧，《花間》諸人是也。」〔註5〕高鋒《花間詞研究》考察之後，認爲：「從美學角度來看，對於女性豔美的細緻描摹，使得詞作淡化了它所產生的時代、社會背景，具有很強的唯美性，從而呈現爲既有別於詩，又不同於曲的詞的豔婉特色，建立了『詞爲豔科』的體性特徵。」〔註6〕他是站在欣賞文學作品的美學角度作評，也清楚地示現了《花間集》的集體詞風可以用「豔婉」二字概括之。

南唐的文化環境和局面與五代不同，丁放等人的《唐宋詞概說》謂：

> 南唐則不同，……文化中雅正傳統的影響較西蜀爲深。中主李璟、後主李煜，大臣徐鉉、韓熙載、馮延巳等都有很高的藝術修養，詞到他們手裏，脂香粉膩趨淡，情調趨向優雅，乃是很自然的事。〔註7〕

龍榆生《詞曲概論》則對南唐君臣的心理層面作分析道：

> 南唐……單靠卑辭厚幣向後周和趙匡胤乞憐，在物質和精神上都感受到重大的壓力，……他們的心靈不斷受到創傷所以表現在歌詞創作上，除了李煜早年有些綺靡作風，……大都寫出了家國危亡的沉痛心情。〔註8〕

以上合觀之，即說明了南唐的藝術氣息甚爲濃厚，而且帶有著一種憂患的色彩。有關於前者，李清照很早就提出南唐君臣的詞風極富「文

〔註4〕王士禎《花草蒙拾》〈同能不如獨勝〉，《詞話叢編》第一冊，頁674。

〔註5〕《靈芬館詞話》卷一〈詞有四派〉，《詞話叢編》第二冊，頁1503。

〔註6〕高鋒《花間詞研究》，南京：江蘇古籍出版社，2001年9月，頁85。

〔註7〕丁放、余恕誠著《唐宋詞概說》，合肥：安徽教育出版社，2002年12月，頁86。

〔註8〕龍榆生《詞曲概論》上編〈論源流・第三章〉，北京：北京出版社，2004年1月，頁35。

雅」的氣息；〔註 9〕而後者指出因爲擔憂國家的危亡而引致個人切身的隱痛，詞作遂顯露出士大夫的心靈感受，此即是後代學者認爲南唐由伶工之詞走上士大夫之詞的原因。〔註 10〕

宋初的詞風即是延續著前代的風尚再逐漸轉化。太祖、太宗征討之際，多收納各國文臣以爲己用。如錢惟演爲吳越王錢俶之子，隨父歸宋。其餘如李昉是後漢、後周人，薛居正是後梁人，樂史、徐鍇、徐鉉是南唐人，孫光憲爲荊南節度副使，歐陽炯是後蜀人，都是國亡後入宋爲官者，這些文學之士自然會將南唐、五代各地的文學好尚帶到北宋朝廷來。上述人惟孫光憲和歐陽炯擅於塡詞而年紀稍長，被納入五代詞人；錢惟演出生已在宋朝開國之後，其餘人士擅長塡詞的不多。這個時期國勢初定，民間經濟活動尚未恢復繁榮，所以相應地歌詞的發展並不蓬勃。再看看出生於宋代初年的一些詞人，如《全宋詞》登錄的和峴、王禹偁、蘇易簡、寇準、錢惟演、陳堯佐、潘閬、丁謂、林逋、楊億、陳亞、夏竦、聶冠卿、李遵勖等十餘位作家詞，少者一首，多者不過十餘首。這些詞家的詞風大體上趨於一途，就是沿襲著五代詞的風味，呈現著「柔媚婉約」的格調。在題材上也跳不出「歌妓」、「怨女」一類的人物，「閨情」、「離愁」一類的情意。錢惟演的〈木蘭花〉是其代表作：

> 城上風光鶯語亂。城下煙波春拍岸。綠楊芳草幾時休，淚眼愁腸先已斷。　情懷漸變成衰晚。鸞鑑朱顏驚暗換。昔年多病厭芳尊，今日芳尊唯恐淺。〔註 11〕

「淚眼愁腸」在此和「離愁、怨女」似乎無關，因爲相應於本詞下片的「朱顏暗換」，前後合觀之，主旨應該爲「暗傷年華易逝，今日唯有沉醉才能解懷」之意。此詞柔弱委婉的風格近乎女子情懷，與《花

〔註 9〕李清照〈詞論〉謂「獨江南李氏君臣尚文雅」，《苕溪漁隱叢話》後集卷三十三引，《四部備要》，臺北：臺灣中華書局，1971 年 2 月，頁 7。

〔註 10〕《人間詞話》謂：「詞至李後主而眼界始大，感慨遂深，遂變伶工之詞而爲士大夫之詞。」臺南：大夏出版社，1976 年 12 月，頁 6。

〔註 11〕《全宋詞》（一），臺北：盤庚出版社，1978 年 10 月，頁 4。

間》諸作擺在一起欣賞，風味過於近似，看不出自家面目。再看名相寇準的〈踏莎行〉：

春色將闌，鶯聲漸老。紅英落盡青梅小。畫堂人靜雨濛濛，屏山半掩餘香裊。　　密約沉沉，離情杳杳。菱花塵滿慵將照。倚樓無語欲銷魂，長空暗淡連芳草。〔註12〕

〈江南春〉：

波渺渺，柳依依。孤村芳草遠，斜日杏花飛。江南春盡離腸遠，蘋滿汀洲人未歸。〔註13〕

前一首詞的主人翁是男是女不易分辨，但內容在寫「離情」，而且背景仍是南方風情。後一首〈江南春〉素來爲人所稱賞，主題與上一首並沒有差異，但是筆調清淡簡遠，「孤村」二句境界類似溫庭筠詞之佳者。又王禹偁的〈點絳唇〉：

雨恨雲愁，江南依舊稱佳麗。水村漁市。一縷孤煙細。　　天際征鴻，遙認行如綴。平生事。此時凝睇。誰會憑闌意。〔註14〕

這首更是江南水鄉情調，主題同樣是離情。上述詞人作品情調絕似《花間》，而且文筆也堪稱高雅。別出於眾人之外的只有潘閬，他的〈酒泉子〉尚能另外表現出漁父、仙佛之思。試看〈酒泉子・其二〉：

長憶錢塘，臨水傍山三百寺。僧房攜杖徧曾遊。閒話覺忘憂。　　栴檀樓閣雲霞畔。鐘梵清宵徹天漢。別來遙禮祇焚香。便恐是西方。〔註15〕

〈其四〉：

長憶西湖，盡日憑闌樓上望。三三兩兩釣魚舟。島嶼正清秋。　　笛聲依約蘆花裡。白鳥成行忽驚起。別來閒整釣魚竿。思入水雲寒。〔註16〕

〔註12〕《全宋詞》（一），盤庚版，頁3。
〔註13〕《全宋詞》（一），盤庚版，頁4。
〔註14〕《全宋詞》（一），盤庚版，頁2。
〔註15〕《全宋詞》（一），盤庚版，頁5。
〔註16〕《全宋詞》（一），盤庚版，頁5。

前首所描繪的全是佛地佛事，一點兒也不沾染歌妓閨怨等事；後一首雖然充滿江南水鄉情調，但是轉寫漁父閒情，高蹈出世，「笛聲」二句境界獨絕，有別於五代詞風。

以上所述幾首，已經是諸家當中較具有代表性的作品，總合來看，格局偏於狹窄的清麗婉約一路，主題多限於閒愁、離情，少數篇章稍微表露出人之思，但是並沒有特別突出的個性，風格變化不明顯。這可能是時代風氣使然，因爲人才直接承接自五代十國，文學風氣要轉變，既要假以時日，更要有大環境的大變動和烘托。宋初的小安定不過讓人喘一口氣而已，社會經濟也只是逐步地在恢復，還沒有達到足夠的繁榮富庶。專心一致地創作小詞的環境尙未醞釀成型，而且宋初小詞還被眾人輕視，諸人創作不過是應付一時的酬酢，所以篇章不多，質量也不高。直到中期的聶冠卿、范仲淹、晏殊、柳永、歐陽修等人出來，詞壇才開始有了生氣，然而聶不過〈多麗〉一首傳世，雖然是值得注意的長調，但內容也不見新意。較值得注目的是范仲淹以下諸人，下面接著敘述這些人特殊的詞學成就。

第二節　北宋前期詞亦逐漸體現時代風貌

宋太宗時期，經歷了與遼國高梁河、岐溝關之役的危殆，西夏又趁機崛起，西北和北方邊境多事，太宗深知無力收回燕雲十六州，也無力討平西夏，只好勤修內政，專心以安民、富民爲治國的主軸，民生經濟獲得初步發展的空間。再經眞宗朝與遼國訂立澶淵之盟，同時又與西夏談和，和北方民族建立起和平的關係。雖然和談條件宋廷需要歲納銀絹予遼、夏二國，表面上似乎有損國力，然而中原獲得長時間的安定，人民可以不受干擾地恢復生產，安心地來往各地互通有無，商業活動愈加頻繁。從眞宗朝後期，到仁宗在位四十二年，總共將近五十年，我們可以視爲北宋的中期。人口迅速增長而往都市集中，城市經濟已達到了前所未有的繁榮景象，「詞」這種附屬於娛樂場合的文學更加流行，逐漸的由通俗文學走上士大夫文學的檯面。晚唐、五代以「艷情」爲主流的詞風，因爲士大夫的染指，逐漸地被改造，沖淡了「艷情」的外貌，改造出蘊含「文雅素養」的體質。不但如此，這個時期的詞還表現出一種富貴的氣象，這當然和時代風氣有著一定的關聯。

在許多論詞的專書中，常把晏殊列入宋初文壇，與林逋、宋祁等人一同論列，這可能有些誤解。如前所述，宋初五十年詞人較少，作品也較少，讓人注意到的不過上述和峴等十數位。當討論到晏殊的時候，因爲他的地位較尊，像歐陽修是晏殊所提拔的，於是在印象中大晏是宋初的人。如果從時代上來看，大晏（991～1055）若二十歲（1011）開始創作，時間在眞宗大中祥符年間（1008～1016），上距開國已經五十年，則時屬北宋中期。更何況大晏創作的高峰期，應該往後推延才是。而柳永呢？據現代多位學者的研究，柳可能出生於公元 987 年之前，〔註 17〕其創作期最早在眞宗時代，並不比晏殊晚，但許多學者屢屢把柳永置於北宋中期，卻把晏殊置於初期。這是把柳永到府衙請求晏殊斟酌升遷那件事，誤認爲柳永是晚輩，才造成長久以來的誤解。討論宋朝中期的詞人，應該把大晏、柳永、宋祁等人並列才恰當。而歐陽修（1007～1072）呢？他在天聖八年（1030）進士及第，在景祐三年（1036）之前就寫了不少艷詞，至其晚年已進入北宋後期，論其詞風則已經稍具有黨爭時期的端倪。但是因爲他大部分的詞作具有五代、南唐風味，一般將他列入北宋中期來討論，本文從之。

我們觀察大晏、張先、宋祁、歐陽修數人的作品，可以尋繹出諸人詞風都能反映時代的氣息，那就是「雍容華貴，不失風雅」才是他們的集體特徵。至於個人魚目之作，則歸之於遊戲之作即可，不必過

〔註 17〕崔海正《宋詞研究述略》書中一一列出諸家的看法：唐圭璋主張約出生在 987 年，林新樵主張 984 年或更早，李國庭主張 980 左右，李思永主張 971 左右。而作出結論說：「那麼，近年中學界則一致認定柳永生年稍早於晏、歐乃至張先（生於 990 年），或者說他們基本上是同時代人。一些文學史或詞史論著已經毫不猶豫地在年序排列上置柳永在上述詞人之前。」臺北：洪葉文化事業股份有限公司，1999 年 3 月，頁 64。

度的吹毛求疵。

以下分四點來討論此期詞壇發展的趨勢：一、詞的雅化趨勢。二、集體呈現的富貴氣息。三、豪放詞風的萌芽。四、創作慢詞的嘗試。

一、詞的雅化趨勢

士大夫在生活無聊之際，自然會找個娛樂以排遣之，宴請賓客，邀請三兩個好友相聚歡談，最是人生樂事了。宴飲之後，沒有歌舞助興，總覺得不能賓主盡歡，而歌女、舞女、伶工等人的社會地位，在中國傳統的觀念裡邊是看得甚爲低賤的，同理地，歌詞在唐、宋之際也相當地被看輕。偶然，歌女們認爲官員是文雅之士，會來請求爲歌曲塡寫更加文雅的歌詞，士大夫們有時爲應景而隨手塡就，事過就忘了，但是在才士手中的隨性之作，反而常常意外地成爲佳作。佳作傳揚開來，士大夫卻因爲是不入流的場所的作品，怕被恥笑，竟多否定是自己的作品，在內心的深處不自覺的排斥它，這是早期士大夫對待詞的心態。〔註 18〕到了北宋中期的大晏，他的觀念卻有了較大的轉變。首先，他有意把通俗的歌詞提升爲雅詞；其次，他開始想在歌詞裡一逞才藝。

大晏的詞在一般專書中，將它列爲宋詞之首。〔註 19〕並認爲受馮延巳的影響甚大。〔註 20〕胡雲翼《宋詞選》則說大晏詞：「沒有擺脫五代綺麗詞風的窠臼」。〔註 21〕大略而言，前一個說法比較可取，因爲大晏詞風絕大特色是「閑雅」，色彩近於馮，比較不染西蜀「穠艷」風味。

〔註 18〕後晉和凝一旦拜相，生怕以前寫的艷詞有損名譽，派人四處收集焚毀之。孫光憲的《北夢瑣言》卷六〈以歌詞自娛〉條記此事說：「專託人收拾焚爇不暇」，北京：中華書局，1985 年，頁 51。

〔註 19〕吳梅《詞學通論》云：「故宋詞應以元獻爲首」。臺北：臺灣商務印書館，1988 年，頁 68。

〔註 20〕胡雲翼《宋詞研究》主張之，中華書局 1926 年版，第 37 頁。又王易《詞曲史》也如此主張，東方出版社 1996 年版，頁 146。

〔註 21〕《宋詞選》，原中華書局 1962 年版，上海：上海古籍出版社 1997 年版，頁 11。

〔註22〕稱晏詞為「宋詞之首」，因為他是從宋初至柳永、歐陽修這一時期，最值得注意的詞人，他的詞有大家風範，又能承上啓下，保持著南唐以來的傳統風格。當然，近代學者常在求異上下功夫：其一，有人說他「《珠玉詞》中實有不少『魚目』」，〔註23〕指的是作品不是篇篇皆佳。其二，又有人批評說：「他的詩詞……但仍然掩蓋不了那處濃郁的富貴氣味，實在沒有什麼眞實的思想內容」。〔註24〕以上二點，是從作品的精純程度和思想層面上所作的批評。就第一點來說，任何一位作家都難免有才思銳減或遊戲之作，要篇篇皆奇，恐怕是強人所難。就第二點來說，批評大晏的思想空乏，也不應片面強求，因為歌詞在當時正是應酬之下的作品，本來就不登大雅之堂，而且「以詞寫志」的風氣在當時也還未打開，若在北宋前期、中期還能看到幾篇寫出自我懷抱的作品，那自然就是大作家才可能有的表現了。

葉嘉瑩在她的《迦陵論詞叢稿》裡討論大晏詞的特點，歸結出四點：一是大晏《珠玉詞》所表現的一種情中有思的意境；二是他所特有的一份閑雅的情調。三是詞中所表現的傷感中曠達的懷抱；四是寫富貴而不鄙俗，寫艷情而不纖佻。〔註25〕四點當中，二、四兩點都指出晏殊詞具有「文雅」的特質，「文雅」是和「粗俗」相對的，晏殊本來就自詡為「雅士」，張舜民《畫墁錄》卷一就曾記載道：

> 柳三變既以調忤仁廟，吏部不放改官，三變不能堪，詣政府。晏公曰：「賢俊作曲子麼？」三變曰：「秖如相公亦作

〔註22〕大晏填詞自詡風雅，稍後當有論述，而且如晏、歐皆籍江西，龍沐勛謂：「江西故南唐屬地，二主一馮，流風遺韻，必有存者。」此說近實。見其〈兩宋詞風轉變論〉，《詞學季刊》第二卷第一號，1934年10月，頁3。

〔註23〕陸侃如、馮沅君《中國詩史》，原大江書舖1931年版，天津：百花文藝出版社，2000年5月，頁507。

〔註24〕胡雲翼《宋詞選》，原中華書局1962年版，上海：上海古籍出版社1982年版，頁11。

〔註25〕詳文見《迦陵論詞叢稿》，〈大晏詞的欣賞〉，上海：上海古籍出版社1980年版，頁38～53。

曲子」。公曰：「殊雖作曲子，不曾道『綠線慵拈伴伊坐』。」柳遂退。〔註26〕

大晏的意思似乎是瞧不起曲子（詞），柳永趕緊接口說我和你一樣作曲子，大晏卻又說我不曾寫像你一樣「庸俗」的曲子，可見大晏是自以爲文雅的。「彩線慵拈伴伊坐」，本寫的是女子的行徑，而且用語特別近於口白，是較通俗的用語，大晏所排斥的就是這種風格。我們如果從代言體這個角度看，爲歌妓或者女流作歌詞，自然就喪失男子的氣概，也喪失了自我表現的機會，更喪失了文化教養所應顯現的內涵，這是大晏所要竭力避免的，寫曲子詞必不能「俗」。大晏不但認爲不能俗，而且更要有藝術表現，葉夢得《避暑錄話》卷上記載：

晏元憲公雖早富貴，而奉養極約，惟喜賓客，未嘗一日不燕飲。……既命酒，果實蔬茹漸至，亦必以歌樂相佐，談笑雜出。數行之後，案上已燦然矣。稍闌即罷，遣歌樂曰：「汝曹呈藝已遍，吾當呈藝。」乃具筆札相與賦詩，率以爲常。前輩風流，未之有比。〔註27〕

大晏是說，你有你的歌藝，我有我的文藝，可見得歌女的歌詞他是一定不滿意的，他認爲歌詞也是可以讓他發揮才華的載體。所以，大晏不是反對歌詞（曲子詞）這個新的文學體裁，他反對的是鄙俗的曲子詞。因而他的作品在後代人的眼中是被歸於「閑雅」一格的，如晁補之讚揚晏殊（實爲晏幾道〈鷓鴣天〉詞）說：

晏元獻不蹈襲人語，而風調閑雅，如「舞低楊柳樓心月，歌盡桃花扇底風」，知此人不住三家邨也。〔註28〕

《宋史・晏殊傳》也稱：

殊性剛簡，……文章贍麗，應用不窮。尤工詩，閑雅有情

〔註26〕《畫墁錄》卷一，《景印文淵閣四庫全書》第1037冊，臺北：臺灣商務印書館，1983年3月，頁172。

〔註27〕《避暑錄話》卷上，《景印文淵閣四庫全書》第863冊，臺北：臺灣商務印書館，1983年3月，頁660。

〔註28〕吳曾《能改齋漫錄・詞話》卷一〈黃魯直詞謂之著腔詩〉條，唐圭璋《詞話叢編》第一冊，北京：中華書局，1986年11月，頁125。

思，晚歲篤學不倦。〔註29〕

「雅」是文化教養的體現，而「閑」則是生活優裕下從容不迫的表現，這不是一般人能達到的境界，必須具備極高的社會地位和文化涵養，且要合二者爲一。在他的倡導之下，文人開始分出一部分心力在塡詞上面下工夫，士大夫的文化教養不知不覺乃融合在裡邊，流行通俗的「歌詞」遂逐漸登上了「大雅之堂」，北宋前期的詞壇，就這樣或多或少進行著「雅化」的工作。

晏、歐二人的詞風一向被後人認爲極爲相似，而且拿來和馮延巳相提並論，連詞作也常常被編者混淆錯置。劉熙載《藝概》卷四即說：「馮延巳詞，晏同叔得其俊，歐陽永叔得其深。」〔註30〕晏、歐詞風雖然類似，然而歐詞仍然有自己的特徵。《宋代文學史》認爲歐詞創作期可分爲二，前期「寫下了不少豔詞，其中小令、慢詞都有」，後期「或傷時念遠，或放浪形骸，或徜徉山水，如……，均是被認爲『疏雋開子瞻』（馮煦〈宋六十家詞選例言〉）的作品。」〔註31〕

此外，歐公眞正的面目，應該從他的文學作品所表現的風格來看。羅大經《鶴林玉露》卷二說：

> 楊東山嘗謂余曰：文章各有體。歐陽公所以爲一代文章冠冕者，固以其溫純雅正，藹然爲仁人之言，粹然爲治世之音，然亦以其事事合體故也。如作詩，便幾及李、杜；……雖遊戲作小詞，亦無愧唐人《花間集》。蓋得文章之全者也。……歐公文非特事事合體，且是和平深厚，得文章正氣。〔註32〕

評他的文章爲「溫純雅正」是指風格而言，可是接下去「靄然爲仁人

〔註29〕《宋史・晏殊傳》第13冊卷三一一，臺北：鼎文書局，1980年1月，頁10197。

〔註30〕《藝概・詞概》，《詞話叢編》第四冊，頁3689。

〔註31〕孫望、常國武主編《宋代文學史》，北京：人民文學出版社，2001年12月，頁147。

〔註32〕《鶴林玉露》卷二，《景印文淵閣四庫全書》第865冊，臺北：臺灣商務印書館，1983年3月，頁265～266。

之言」，卻是從文章推想他的爲人，這是自古以來「風格即人格」的論調，雖然有人反對這論調，以爲不可以「因人廢言」或「舉偏概全」；然而知人論世，由作品推想作家感情、思想，進而推求其爲人，仍然是文學分析永遠不可缺少的一條途徑。

所以，歷來詞評家常常採取這個角度去評詞，如周濟《介存齋論詞雜著》也說：「永叔詞只如無意，而沉著在和平中見。」「和平」、「沉著」、「深厚」都是得之於天的，也就是根於天性。另外，再從歐公論文的見解也可以得知他的文學思想，如他的〈答祖擇之書〉說：

> 道純則充於中者實，中充實則發爲文者輝光。〔註33〕

在〈與樂秀才第一書〉中也說：

> 其充於中者足，而後發乎外者大以光。〔註34〕

他認爲文章需要由人的內涵來充實，人的內涵又必須由修養道德來充實，這就意味著文章風格裡邊顯現著作者的人格。蘇洵〈上歐陽內翰第一書〉稱讚歐公的散文「容與閑易，無艱難勞苦之態」，指出他「閑易」的風格。《宋代文學史》第八章，評論歐公的詞風：

> 這些詞在徜徉山水之中，隱隱透露了詞人厭倦仕途官場的情懷。詞人筆端所表現的內心波瀾極其微妙，鬱塞之情常常以曠達悠閒的態度出之，處處體現出歐詞和婉含蓄的藝術特色。〔註35〕

我們可以說這既是他情感和思想的流露，也正是他人格修養的寫照，而他的人格修養的總體觀，也可以用「閑雅」一詞概括之。

宋祁與歐陽修同爲晏殊的學生，但宋祁（生於998）比歐公（生於 1007）稍長。宋祁的文學思想和文學創作迥然不同於歐公，宋祁的文學思想崇尚西崑，甚至「獨遠規盛唐」。〔註 36〕謝思煒有更進一

〔註33〕《歐陽修全集》卷三，河洛版，頁96。

〔註34〕《歐陽修全集》卷三，河洛版，頁104。

〔註35〕孫望、常國武主編《宋代文學史》（上），北京：人民文學出版社，2001年12月，頁152。

〔註36〕柯敦伯《宋文學史》的研究如此主張。上海：上海書店，1996年版，頁19。

步的研究，他在〈宋祁與宋代文學發展〉一文中提出兩點：一是宋祁在文學的創作上和思想上都深受西崑派的影響，尤其是李商隱影響他最大；二是他對當時文壇的詩文革新運動相當冷漠。宋祁的這個態度，對後來宋代文學擺脫文道說的束縛，起了一定的作用，對宋代文學有所貢獻。〔註37〕這樣的文學思想有沒有影響宋祁的詞學觀呢？總的來說多少是有的。王易在其《詞曲史》中說：「其顯達者如寇準、韓琦、宋祁、范仲淹、司馬光，皆非純詞人，然所爲小詞，則婉麗精妙，《花間》之遺也。」〔註38〕所評「婉麗精妙」和西崑體的特徵實有相似之處，劉大杰指出西崑派的特點：「所作詩文，一以李商隱爲宗，專取其艷麗、雕鏤、駢儷的技巧的一面，而忽略其內容和精神。」〔註39〕「婉麗」和「艷麗」同質，不過「艷」偏於顯露，「婉」則偏於含蓄，「精妙」正是西崑體的精神所在，詞體有適合於發揮上述風味的體質，晚唐、五代詞大體走這個趨勢。宋祁的詞受西崑派寫作觀念的影響是顯而易見的，他的詞風另外一個特點是充滿著歡樂的氣氛。薛礪若有一段批評可資參考，他在《宋詞通論》中說：

> 在晏氏父子與歐、秦等集中，詠春之作，總不免爲離情愁緒所縈繞，而深透著詩人悲惋的意緒。在張、宋詞中，則只見春日之酣樂，令人心醉。〔註40〕

宋祁詞的特色既然已明，我們只要舉出他那首最膾炙人口的〈木蘭花〉，其中「綠楊煙外曉雲輕，紅杏枝頭春意鬧」二句，就足可以作爲其歡樂詞風的代表。〔註41〕宋祁的詞不多，一般學者不太單獨討論

〔註37〕詳文見謝思煒〈宋祁與宋代文學發展〉，《文學遺產》，1989年2月1期，頁71～79。

〔註38〕王易《詞曲史》，南京：江蘇教育出版社，2005年8月，頁104。

〔註39〕劉大杰《中國文學發展史》，臺北：華正書局，頁631。

〔註40〕《宋詞通論》，香港：中流書店，1974年版，頁95。

〔註41〕張宗橚《詞林紀事》引楊湜《古今詞話》曰：「景文過子野家，將命者曰：『尚書欲見雲破月來花弄影郎中』。子野內應云：『得非紅杏枝頭春意鬧尚書耶！』」此一軼聞也顯見二人名句之盛騰人口。臺北：河洛圖書出版社，1975年3月，頁84。

他，這裡提到他，主要是把他與晏、歐等人並提。李之儀即曾說：「良可佳者，晏元獻、歐陽文忠、宋景文，則以其餘力遊戲，而風流閒雅，超出意表。」〔註42〕他們三人的詞風早經同代的人歸爲一類。就如劉大杰《中國文學發展史》所說：

> 最初出現於詞壇的都是幾位達官貴人，如寇準、韓琦、晏殊、宋祁、范仲淹、歐陽修等，都是一時的顯宦。他們的作品，大都有一種華貴雍容的風度，不卑俗，也不纖巧。言情雖纏綿而不輕薄，措詞雖華美而不淫艷。〔註43〕

這群作家雖然年歲稍有先後，由於長期的位居顯宦，以及正値國家經濟、政治長期的安定，士大夫們都有極高的文化素養，執持著安閑優雅的處事態度。故由晏、歐、宋等人的創作理念及其詞風表現來觀察，「閑雅」就成了他們的集體特徵，自然而然地帶領著詞壇走向雅化的道路。

宋詞所以逐漸走上「雅化」的路，推動的源頭本來應該是來自於民間，這怎麼說呢？因爲曲子詞本來就是流行於民間的歌曲之詞，廣大的民眾喜愛這種娛樂，這社會上時興的事，就不斷地影響著士大夫。士大夫是不會只滿足於廟堂上道貌岸然的雅樂的，他需要更悅耳動聽的音樂，而民間的音樂又最能反映時尚潮流，最富於新變面貌，最能吸引廣大的群眾，士大夫不能免於常人享樂的心態，自然會喜歡上這種流行歌曲。酒醉飯飽之餘，就要來一段歌舞助興，民間的曲子就這樣深深的吸引著仕宦階層，所以說推動的原動力是起自於民間。然而，士大夫的喜愛曲子，或被動（應歌）、或主動（呈藝）地創作塡詞，把歌詞的文學藝術氣息提升到更高雅的境界，更是士大夫染指通俗歌詞之後的反向作用。

還要一提的是，在一般的詞評中都稱柳永詞是俗化的代表，後來的陳師道稱柳詞「骫骳從俗」，〔註44〕李清照也評其「詞語塵下」。

〔註42〕《姑溪居士集．前集》（四）卷四十，王雲五主編《四庫全書珍本》十集，臺北：臺灣商務印書館，1980年，頁3。

〔註43〕《中國文學發展史》，臺北：華正書局，2002年8月，頁658。

〔註44〕《苕溪漁隱叢話》引《後山詩話》〈柳三變詞天下詠之〉條。《詞話

〔註 45〕其餘如南宋寫作《碧雞漫志》的王灼，〔註 46〕以及黃昇等人，都把柳詞目爲通俗之流，這原因無它，因爲他們都是自認爲極有文化素養的，柳詞卻是充分的吸收民間的養分，相對於這些士大夫，柳詞自然顯得俗了。〔註 47〕如果換個角度，從通俗人的眼光來看，柳永把他的家學涵養、士人雅趣結合在詞裡，市井小民唱他的詞，覺得文雅優美，眞是喜愛之極，所以當時才流傳「凡有井水飲處，即能歌柳詞」。〔註 47〕站在市井小民的立場，柳永不是把詞雅化了嗎？其實後人對柳詞還頗以爲不全然是低俗的，趙令畤《侯鯖錄》卷七記：

> 東坡云：「世言柳耆卿曲俗，非也。如〈八聲甘州〉云：『霜風淒緊，關河冷落，殘照當樓。』此語於詩句不減唐人高處。」〔註 48〕

連東坡這位文壇盟主都能體會出柳詞當中也有高格調之處，證明柳詞也把一部分的文人涵養融匯進去了。我們從詞的後續發展來觀察，詞逐漸地被士大夫階級佔有，而且越到南宋晚期，越提倡雅化。市井俗人反而越來越不能接納這種「高級」的文學，轉而喜愛起新的流行音樂——

叢編》第一冊，頁 163。

〔註 45〕《苕溪漁隱叢話》後集卷三十三引李清照〈詞論〉。《四部備要》，臺北：臺灣中華書局，1971 年 2 月，頁 7。

〔註 46〕王灼雖然以卑俗目之，但也有稱賞的地方，《碧雞漫志》卷二說：「柳耆卿樂章集，……亦間出佳語，又能擇聲律諧美者用之，唯是淺近卑俗，自成一體，不知書者尤好之。」，《詞話叢編》第一冊，頁 84。

〔註 47〕雅俗之辨，從宋代開始成爲一個重要的議題。站在文人的角度，當然是要提倡「雅」，這樣才能顯現文化的教養。但是若站在整個社會文化的立場，從宋代越往元、明、清代進展，文化卻是往俗的方向傾斜。因爲人口往都市集中，市民趣味的文化發展最爲蓬勃，小說、戲曲倒成了這幾個朝代的顯學了。有關這個議題請參考王水照主編的《宋代文學通論》第二章「雅、俗之辨」，開封：河南大學出版社，1997 年 6 月，頁 50～61。

〔註 47〕《避暑錄話》卷下，《景印文淵閣四庫全書》第 863 冊，臺北：臺灣商務印書館，1983 年 3 月，頁 674。

〔註 48〕《侯鯖錄》，《景印文淵閣四庫全書》第 1037 冊，臺北：臺灣商務印書館，1983 年 3 月，頁 407。

「曲」。衡之於大趨勢，宋代「詞」的發展的確是走雅化的路線。

在這雅化的過程中，宋代士大夫的文化素養的提昇，是推動詞學風氣演變的最主要因素。如果進一步解析這個時期文化素養的提昇，是靠著甚麼因素？又可以發現與國家的重文輕武政策、科舉制度的鼓動、印刷術的廣泛運用、城市經濟的發達，有著絕對的關聯。我們在探討宋詞發展的過程中，要緊緊地掌握當時時代的脈動，才能對詞風、詞體的一切變化，作出恰當的分析推理。

二、集體呈現的富貴氣息

與詞的雅化風尚相伴而來的，就是此期詞風所具有的富貴氣息，這當然和此期詞人的社會地位有著絕對的關係。宋代朝廷重文輕武，特別禮遇文人，薪俸優渥，所以由科舉登上仕途者，由貴而富是必然的，富貴而優遊卒歲，正是這群士大夫階層的生活模式。

宋朝經過數十年將養休息，與遼、夏保持友好關係數十年，經濟日益繁榮，人口蕃庶，逐漸向都市集中，當時的大都城人口數十萬者不在少數。如蘇州在宋初有三萬五千戶以上，〔註49〕到大中祥符四年（1011）已增至六萬六千一百三十九戶，七十多年後，至元豐三年，增至十九萬戶以上。〔註50〕梁庚堯在其〈宋元時代的蘇州〉文中提到蘇州、杭州發展的狀況，前者由農業經濟帶動了商業繁盛，「商業繁盛促進了城市發展」;後者則是南宋時期政治因素造成的繁盛。〔註51〕蘇、杭的繁盛是江南城市經濟發達的典範，當然還有廣陵（今揚州）、金陵（今南京）、成都等，都是繁華之地。劉揚忠《唐宋詞流派史》第二章第三節特別闢一標題「揚州——金陵：南國另一個文化中心和

〔註49〕樂史《太平寰宇記》卷九十一〈江南東道・蘇州篇〉，《景印文淵閣四庫全書》第470冊，臺北：臺灣商務印書館，1983年3月，頁22。

〔註50〕據朱長文《吳郡圖經續記》卷上〈戶口篇〉，《景印文淵閣四庫全書》第484冊，臺北：臺灣商務印書館，1983年3月，頁5～6。

〔註51〕《宋代社會經濟史論集》上。臺北：允晨文化實業股份有限公司，1997年4月，頁334～335。

歌詞創作基地」。〔註 52〕詳細解析城市經濟發達，對南唐歌詞的發展所產生的鉅大影響，那麼進入北宋之後，持續了百年的太平歲月，會是什麼樣的狀態，可以推理而知，更何況當時百官聚集的北宋都城汴京呢！孟元老《東京夢華錄・自序》描述汴京繁華之日道：

> 僕從先人宦遊南北，崇寧癸未（1103）到京師，卜居於州西金梁橋西夾道之南。漸次長立，正當輦轂之下，太平日久，人物繁阜，垂髫之童，但習鼓舞；斑白之老，不識干戈。時節相次，各有觀賞。燈宵月夕，雪際花時，乞巧登高，教池遊苑。舉目則青樓畫閣，繡户珠簾，雕車競駐於天街，寶馬爭馳於御路。金翠耀目，羅綺飄香。新聲巧笑於柳陌花衢，按管調弦於茶坊酒肆。八荒爭湊，萬國咸通。集四海之珍奇，皆歸市易；會寰區之異味，悉在庖廚。花光滿路，何限春遊；簫鼓喧空，幾家夜宴。技巧則驚人耳目，侈奢則長人精神。〔註 53〕

以上所描述的是徽宗崇寧二年（1103）的昇平景象，汴京從宋朝初年定都一直到此時，前後將近一百四十年，既無兵燹，又無水旱之憂。因爲宋初的中央集權政策執行得很徹底，而且國都是首善之區，一切財富集中在此，累積到徽宗之時，京城的繁華富庶就如上引的描述這般，讓人目不暇給。推想回宋朝前期，京師的繁盛也應該達到相當類似的地步才是。

京城的百姓生活都如此的侈靡了，那麼達官貴人可想見必是窮奢極泰。比如眞宗宰相寇準生活的奢靡，史不絕筆，筆記小說也隨處可見。《夢溪筆談》說：

> 寇萊公好舞柘枝，會客必舞柘枝，每舞必盡日，時謂之「柘枝顚」。〔註 54〕

〔註 52〕見劉氏《唐宋詞流派史》。福州：福建人民出版社，1999 年 3 月，頁 99～105。

〔註 53〕見《筆記小說大觀》第九編第五册，臺北：新興書局，1960 年，頁 3189～3190。

〔註 54〕《夢溪筆談》卷五，《景印文淵閣四庫全書》第 862 册，臺北：臺灣

《宋人軼事彙編》卷五引《歸田錄》也談到寇準的奢侈情形，說：

> 公嘗知鄧州，早貴豪侈，每飲賓席，常闔扉輟驂以留之。尤好夜宴，劇飲未嘗點油，雖溷軒馬廄，亦燒燭達旦。每罷官去，後人至官舍，見廁溷間，燭淚凝地，往往成堆。〔註55〕

又如魏泰《東軒筆錄》說宋祁：

> 多內寵，後庭曳羅綺者甚眾。嘗宴於錦江，偶微寒，命取半臂，諸婢各送一枚，凡十餘枚皆至，子京視之茫然。恐有厚薄之嫌，竟不敢服，忍冷而歸。〔註56〕

整個生活情境是這般模樣，等到他們在創作娛樂文學時，難免會表現這種富貴的氣息，但是所表現的富貴氣息不是庸俗的，而是高雅的，大晏自矜的正是如此。宋・吳處厚《青箱雜記》卷五記載：

> 晏元獻公雖起田裡，而文章富貴出於天然。嘗覽李慶孫〈富貴曲〉云「軸裝曲譜金書字，樹記花名玉篆牌」，公曰：「此乃乞兒相，未嘗諳富貴者。故余每吟詠富貴，不言金玉錦繡，而惟說其氣象。若『樓台側畔楊花過，簾幕中間燕子飛』，『梨花院落溶溶月，柳絮池塘淡淡風』之類是也。」故公自以此句語人曰：「窮兒家有這景致也無？」〔註57〕

又歐陽修《歸田錄》卷二記載：

> 晏元獻公喜評詩，嘗曰：「『老覺腰金重，慵便枕玉涼』，未是富貴語，不如『笙歌歸院落，燈火下樓台』，此善言富貴者也。」人皆以爲知言。〔註58〕

詩詞之中的富貴氣，不是在遣詞造句使用富貴人家的用品或生活環境的詞彙，主要是眞的能夠感受那種富貴人家生活的內涵、氣氛，

商務印書館，1983年3，頁733。

〔註55〕丁傳靖輯《宋人軼事彙編》卷五，臺北：臺灣商務印書館，1982年9月，頁274。

〔註56〕魏泰《東軒筆錄》第二冊卷十五，北京：中華書局，1985年，頁110。

〔註57〕吳處厚《青箱雜記》，《景印文淵閣四庫全書》第1036冊，臺北：臺灣商務印書館，1983年3月，頁629。

〔註58〕歐陽修《歸田錄》，刊於《歐陽修全集》下冊卷五。臺北：河洛圖書出版社，1975年3月，頁94。

並用很高雅的文字表達出來，這就是「高雅的富貴氣」。大晏講究的是這個境界，同時的詞家也都在不知不覺中共同追求此種趨勢。如晁補之讚揚晏殊詞道：「晏元獻不蹈襲人語，而風調閑雅，如『舞低楊柳樓心月，歌盡桃花扇底風』，知此人不住三家邨也。」〔註59〕上述所引詞句，其實為晏幾道〈鷓鴣天〉詞之一聯。晁補之是北宋後期的人，在他的印象裡，晏殊的詞風自然帶有富貴氣，鄉野鄙夫寫不出這樣風調閑雅的詞。歐陽修的詞風也具有此格調，楊海明《唐宋詞史》說：

> 歐陽修所處的時代，也基本同於晏殊所處的時代。加上歐陽修持有前述那種「文體分工」的觀念，所以他的詞中（特別其慢詞）也就帶有了相當程度的「富貴」、「昇平」的時代氣息。〔註60〕

他接下來舉歐公的作品〈豐樂亭記〉，文中所描述人民樂生送死這「太平景象」，來說明歐公心理上的「輕鬆感」；並舉出十首〈採桑子〉詞中二首，用詞中的美景和民眾生活的歡樂，以映襯出當時社會的繁華富貴狀態，作為歐公心態的「閒適」和「富貴氣息」的直接證據。

與之同時的宋祁，其詞作較少，但風調其實也可以歸之為諷詠富貴生活的一格，如其〈玉樓春〉：

> 東城漸覺風光好，縠皺波紋迎客棹。綠楊煙外曉寒輕，紅杏枝頭春意鬧。　　浮生長恨歡娛少，肯愛千金輕一笑。為君持酒勸斜陽，且向花間留晚照。〔註61〕

內容完全在描寫士大夫才可能具有的生活情趣，尤其是「浮生長恨歡娛少，肯愛千金輕一笑」，那裏是販夫走卒血汗營生之下所想得到的境界。由以上的敘述可以得知士大夫主導下的詞壇，表現出的生活形態多是沉浸在富貴享樂的氣息當中　。

〔註59〕同注28。
〔註60〕見《唐宋詞史》第五章第二節，頁239。
〔註61〕《全宋詞》（一），盤庚版，頁116。

三、豪放詞風的萌芽

楊成鑒的《中國詩詞風格研究》在第二章〈文學風格的品類〉爲「豪放品」下定義說：

> 文學作品的豪放品風格，屬於剛性美的範疇。它除了表現特定的時代精神外，往往與作者高瞻遠矚的視野，豪爽而清高的性格，寬闊的胸襟，易於激動的多血質氣質，有爲而作的遠大報負，凝結於作品之中。使它具有豪邁的氣勢，奔放的激情，廣袤浩瀚的意境，雄偉的藝術形象，伴之以壯健的音樂節奏，通過揮筆瀟灑的語言文字表達出來。〔註62〕

這段定義首先將「豪放」風格置於「剛性美」的範圍，〔註63〕這是第一特性。第二、這種豪放風格的文學作品會表現出特定的時代精神。第三，作者的性格、思想、體質的豪放傾向，凝結於作品之中。第四，作品必須透過語言文字，表達出作者所欲宣洩的豪放思想、感情、想像。簡言之，作家必須具有剛性的氣質，作品也表現出剛性之美，對這個「剛性美」的形容方式是豪邁的、奔放的、廣袤浩瀚的、雄偉的、壯健的和瀟灑的等壯盛昂揚的字眼。楊氏用現代語體文表白，應該是極容易理解的，至於司空圖《詩品》也有所定義，他是用比興意象式的方式解釋，可資參考。〔註64〕

詞學上分別「婉約」、「豪放」二種風格，是由明代張綖首先提出（見其《詩餘圖譜‧凡例》，本文第一章已引）其中他所說的「詞體」，

〔註62〕楊成鑒《中國詩詞風格研究》。臺北：洪葉文化事業有限公司，1995年12月，頁66。

〔註63〕《文心雕龍》談「剛柔」一指人的秉性，如「才有庸儁，氣有剛柔」（〈體性〉）；一指文章體勢，如「然文之任勢，勢有剛柔，不必壯言慷慨，乃稱勢也。」（〈定勢〉）所以劉勰的觀念裡邊，文學有「剛性美」和「柔性美」之分。《文心雕龍注》，臺北：臺灣開明書局，1975年9月，卷六頁8、24。

〔註64〕《詩品》的〈豪放〉品云：「觀花匪禁，吞吐大荒。由道反氣，處得以狂。天風浪浪，海山蒼蒼。眞力瀰滿，萬象在旁。前招三辰，後引鳳凰。曉策六鰲，濯足扶桑。」臺北：清流出版社，1972年3月，頁22。

指的就是「風格」，不是區別「體裁」的意思。曹丕《典論・論文》說：「文以氣爲主，氣之清濁有體，不可力強而致。」這個「體」就是指風格。張綖認爲詞的風格分二大類：一是婉約，一是豪放。秦觀屬於婉約一格，蘇軾屬於豪放一格。南宋陸游也說：

> 世言東坡不能歌，故所作樂府詞多不協。晁以道云：「紹聖初，與東坡別於汴上，東坡酒酣，自歌古〈陽關〉。」則公非不能歌，但豪放不喜裁剪以就聲律耳。試取東坡諸詞歌之，曲終，覺天風海雨逼人。〔註65〕

這裏「豪放」二字，指「不受聲律限制」的精神面貌（即其個性）。〔註66〕但是細按陸游接下去說的「試取東坡諸詞歌之，曲終，覺天風海雨逼人」句，既說「歌之」，似乎就是指聲律來說了，可是後面又說「曲終，覺天風海雨逼人」。那麼是「聲律」（「歌之」——唱起來）讓人覺得天風海雨逼人？還是「歌詞」的境界和氣勢讓人覺得天風海雨逼人？連繫前後文，辭意甚爲明白，當然指的是後者，不會指音樂的氣勢。因爲東坡所塡的詞甚多，他的「詞樂」不可能每首都似「天風海雨逼人」，柔媚婉轉的曲調其實佔了多數。《中國文學批評通論》中引蘇軾多條與友人的書信，而說：

> 這些說明「豪放」爲蘇軾審美觀中一個重要概念，蓋其涵義包括作者氣度胸懷與作品風格、表現手法的豪邁、雄奇、曠達、解放，不受人所強加的清規戒律束縛，當然不是虛張聲勢、粗橫叫囂，任意破壞藝術基本法則。〔註67〕

從以上的討論知道「豪放」一詞，在前人的觀念裡是極富有彈性的，

〔註65〕陸游《老學庵筆記》卷五，《景印文淵閣四庫全書》第865冊，臺北：臺灣商務印書館，1983年3月，頁44。

〔註66〕蘇詞不協律應該不是他不知律，本文第六章第四節之一將論及蘇軾文化修養富於音樂造詣。又馬興榮〈讀蘇軾詞札記〉並認爲「蘇詞不協律是創新的表現」，此當指其個性而言，見《華東師範大學學報》1982年三期第三節，頁54。

〔註67〕見王運熙、顧易生主編《中國文學批評通史》第四冊〈宋金元卷〉，頁556。

既可以指作家的「個性」特質，又可以指作品的「風格」傾向以及「作品在形式上不受束縛」等等較寬廣的範圍。本文提到「豪放」這一詞時就是採取這種廣義的意涵。

豪放詞風不止起於蘇軾，不止起於范仲淹，可以上溯至五代。劉揚忠在《唐宋詞流派史》特別提道：

> 拋開敦煌石窟所藏的早期民間詞不論，就拿第一部文人詞總集《花間集》來看，其中雖十之八九是柔婉纖麗的艷體小詞，但像牛嶠〈定西番〉（紫塞月明千里）、毛文錫〈甘州遍〉（秋風緊）、孫光憲〈定西番〉（雞祿山前游騎）、〈浣溪沙〉（蓼岸風多橘柚香）、〈漁歌子〉（泛流螢）、李珣〈漁歌子〉（九疑山）等等，或寫戍邊將士，或抒羇旅情懷，或頌水鄉漁父，其風格或悲壯，或勁健，或放曠，就顯然另趨陽剛一路。……到了北宋中期，……漸有聳人耳目的「別調」——男子漢的雄音豪唱不時傳出。〔註68〕

文中舉證歷歷，在柔婉纖麗風氣之下也一定有陽剛的別調。不但五代如此，到了北宋中期，有「男子漢的雄音豪唱」，引文中劉氏並沒有直接指出是誰，經考察此期，能被稱爲具有「豪放」詞風的，范仲淹算是首選。最具代表性的就是他的〈漁家傲〉：

> 塞下秋來風景異。衡陽雁去無留意。四面邊聲連角起。千嶂裡。長煙落日孤城閉。　　濁酒一杯家萬里。燕然未勒歸無計。羌管悠悠霜滿地。人不寐。將軍白髮征夫淚。〔註69〕

前片寫邊塞殊景，營造寥闊的空間與肅殺之氣；下片以將軍身份，發出邊疆未靖無以爲家的悲壯蒼涼之語，這樣的風格，迥然和歌筵酒席間的兒女私情之詞大異其趣。這超拔於常格之外的表現，隱隱然就是後來蘇、辛一派豪放詞的先聲。

柳永的詞，論者以爲偏於婉約一格，殊不知他是一個勇於突破，敢於嘗試的作家，單從這一點來看，性格就屬於不羈的一流，說他性

〔註68〕《唐宋詞流派史》，頁7。

〔註69〕《全宋詞》（一），盤庚版，頁11。

格「豪放」也是有道理的。他不但在詞律上創許多新調，在詞體的擴大上也製了許多長調，更值得注意的是他在士大夫群體趨雅的潮流裡，毅然地反向趨於通俗的路線，就這反抗意識上來講，也算是豪放吧！再如他詞作中的用語，大大地打破士大夫含蓄的風格，以口語化的詞語，大膽地傾吐尖新淺俗的市民階層的生活和心聲，甚至露骨到被認為是淫褻之語的，他也不加以避忌。這難道不也是一種「豪放」？如〈定風波〉（自春來、慘綠愁紅，芳心是事可可。……鎮相隨，莫拋躲。針線閒拈伴伊坐。和我。免使年少，光陰虛過。）不過是通俗而已。若〈鬥百花・其三〉後片則云：

> 爭奈心性，未會先憐佳婿。長是深夜，不肯便入鴛被。與解羅裳，盈盈背立銀釭，卻道你但先睡。〔註70〕

這裡已漸入閨房調情之語，只是還不及歐陽炯〈浣溪沙・其三〉後片：「蘭麝細香聞喘息，綺羅纖縷見肌膚，此時還恨薄情無」的露骨。再如柳永〈晝夜樂・其二〉後片：

> 洞房飲散簾幃靜，擁香衾、歡心稱。金爐麝裊青煙，鳳帳燭搖紅影。無限狂心乘酒興。這歡娛、漸入嘉景。猶自怨鄰雞，道秋宵不永。〔註71〕

這片詞已進入未成年不宜賞玩的場面，從兒女之情的立場寫來，是偎紅倚翠的靡靡之音的本色；然而從雅士衛道的眼光來看，實在太狂放恣肆了。他個性上的豪放，是敢於打破士大夫禮教的束縛；在文學上的的表現卻不是雄奇勁健如本節開端的定義一般，而是敢於向「俗」的方向挺進。他有著豪放的個性，但是他沒有豪放的志節和思想，他是受到生活環境制約的，所以只能寫出歡場柔情及羈旅愁苦，他要衝破就只能往市民趣味的大方向衝破。在詞的發展史裡邊，他可以說是豪放一格的變體。

同時的大詞人歐陽修中年也寫了一首與他早期的詞風大不相同的〈朝中措・送劉仲原甫出守維揚〉，詞云：

〔註70〕《全宋詞》（一），盤庚版，頁14。
〔註71〕《全宋詞》（一），盤庚版，頁15。

平山闌檻倚晴空。山色有無中。手種堂前垂柳，別來幾度春風。　　文章太守，揮毫萬字，一飲千鍾。行樂直須年少，尊前看取衰翁。〔註 72〕

歐公的詞本色上屬於閑雅一格，帶有富貴情調，此詞別出蹊徑，不但不流於花間、南唐餘緒，也迥出於馮延巳、晏殊之上，於范仲淹之後再開豪放之風。他描述將赴任的劉敞「揮毫萬字，一飲千鍾」，一派豪氣，迥然邁出了柳永「淺斟低唱」的小姑娘、小場面的輕歌曼舞格局，寫出了大開大闔的男子氣概。徐培均說：

這種寫法在藝術風格上屬於疏宕一路，它在北宋豪放詞的發展中是不可缺的一個環節。〔註 73〕

這是我們認同的觀點。其實歐公的豪放還有他特殊的地方，尤其以晚年爲然。這種豪放不是屬於語言文字上面的，也不是所營造的場景上面的，而是在其背後所透出的氣息；也可以說是歐公「個性」中的一部分，「志意」中的一部分。葉嘉瑩在〈論歐陽修詞〉一文中說：

而更值得注意的則是，在北宋之時代，還更有一種文人喜歡論政的風氣，一般才志之士都隱然有著一種「以天下爲己任」的襟抱和理想，而這種志意和情感，也往往同樣是出於一種易於被感發的心靈，范沖淹、歐陽修諸人，便同是屬於此一類型的人物。〔註 74〕

此節說出歐公的志意，其詞不期而然地具有一種「豪興」，即起自於這種「志意」。王國維曾稱讚歐公〈玉樓春〉詞「於豪放中有沉著之致」(《人間詞話》)，葉嘉瑩引申此語說：

歐詞之所以能具有既豪放又沉著之風格的緣故，就正因爲歐詞在其表面看來雖有著極爲飛揚的遣玩之意興，但在內中卻實在又隱含有對苦難無常之極爲沉重的悲慨。賞玩之意興使其詞有豪放之氣，而悲慨之感情則使其詞有沉著之致。〔註 75〕

〔註 72〕《全宋詞》(一)，盤庚版，頁 122。
〔註 73〕《宋詞鑒賞辭典》，頁 176。
〔註 74〕見〈論歐陽修詞〉，刊於《靈谿詞說》，頁 104。
〔註 75〕《靈谿詞說》，頁 105。

歐陽修在慶曆新政失敗後，受政敵抨擊誣陷，貶知滁州，在常人不堪的境遇裡，他卻寫了〈醉翁亭記〉，歷述與民同樂的襟懷，在〈豐樂亭〉三首絕句中，又表露出春遊的歡樂。他面對挫折的態度是坦然接受，毫不為意，不但能與民同樂，並與大自然為伍。到了六十五歲致仕退居穎州西湖之後，他寫了一整組的〈采桑子〉詞，從這整組詞的趨向來看，是他晚年遣玩人生的代表作。前九首沉酣恬適，但第十首卻陡然一變，總結全體而顯現悲慨的情懷。詞云：

平生為愛西湖好，來擁朱輪。富貴浮雲。俯仰流年二十春。
歸來恰似遼東鶴，城郭人民。觸目皆新。誰識當年舊主人。〔註76〕

葉氏對他這前後二種相映的風格，討論道：「但透過他的遣玩豪興以外，我們卻也能隱約體會出歐陽修一生歷盡仕途滄桑以後的一種交雜著悲慨與解悟的難以具言的心境。」〔註77〕

從以上的論述，我們可以瞭解歐詞帶有著一種豪放的風格，他不是由詞文、詞境上營造豪放之致，而是在「詞心」上透出一份「豪興」，這個「興」是一種悲慨，是一種「志意」，必須在通過全部的作品觀照之後，才能逐漸體悟出這種「味外之味」的「豪放之致」。這類的格調萌發於歐公，影響及於後來的蘇軾與秦觀。〔註78〕如蘇軾的〈水調歌頭・黃州快哉亭贈張偓佺〉（落日繡簾卷）詞，以平山堂比快哉亭，他憶起了其師〈朝中措〉用了王維的「山色有無中」句，〔註79〕他也借此寫出了一首陽剛氣十足的豪放詞，可見蘇軾詞風中豪放的一格，未始不是歐公有以啓之。

〔註76〕《全宋詞》（一），盤庚版，頁122。

〔註77〕《靈谿詞說》，頁108。

〔註78〕「影響蘇、秦二人」這個觀點，葉嘉瑩曾多所論述，見葉氏〈論歐陽修詞〉、〈論蘇軾詞〉、〈論秦觀〉詞，俱收於《靈谿詞說》中。頁103～114、頁191～228、頁237～270。

〔註79〕案：此句早見於王維〈漢江臨泛〉五律之頸聯「江流天地外，山色有無中」。《全唐詩》（二），臺北：盤庚出版社，1979年2月，頁1279。

四、慢詞與長調的勃興

「慢詞」在嚴格意義上和「長調」本有區別，慢詞在宋代習慣上稱爲「慢曲子」或「引」、「近」、「序」、「慢」等，在曲調的意義上，它是指在節奏上較慢的曲子，和「急曲子」是相對的指稱。唐、五代以急曲子最爲流行，南宋王灼《碧雞漫志》卷五考證〈念奴嬌〉一曲時說：「唐中葉漸有今體慢曲子」。又晚近在敦煌發現的琵琶譜中即有慢曲子。到了宋代，由於都市生活的繁華，市民們重視生活上的享樂，對音樂有了更高的要求，在聽膩了急管繁弦的音樂之後，開始轉而也愛好節奏緩慢悠揚的曲子。就在此同時，開始有人嘗試創作慢曲子，前面提到聶冠卿所作的〈多麗〉一詞就是一項嘗試。眞正大量嘗試創作慢曲長調的，以柳永、張先最著名。

「長調」顧名思義是指體製上較長的曲調，但是在節奏上卻有快有慢，後人常有不察者，把長調指稱爲慢詞，或把慢詞指稱爲長調，其實都有以偏蓋全的毛病。長調到了明代以後，多被拿來指稱詞體（文）的形式，而非曲調的形式。因爲明朝時曲調已經失傳，此時爲了區分詞體的長短，以小令、中調、長調來稱呼字數不同的歌詞，只是一種方便的作法，並不代表詞調越長曲子越慢。甚至，反過來說，有時候詞調長而曲子節奏快也是存在的。吳熊和在其《唐宋詞通論》中說：

> 曲破是大曲入破以後的部分。……中序多慢拍，入破以後則節奏加快，轉爲快拍。……過去一直以爲曲破大都是字少調短的令曲，但現傳宋人大曲，如董穎〈薄媚〉大曲，史浩〈采蓮〉大曲入破以後的催、袞諸段，都是字多調長的，可見急曲子中也有長調，長調也並非盡爲慢曲。〔註 80〕

清代宋翔鳳《樂府餘論》說：

> 引而愈長者則爲慢，慢與「曼」通，曼之訓「引」也，「長」也，如〈木蘭花慢〉、〈長亭怨慢〉、〈拜新月慢〉之類，其

〔註 80〕《唐宋詞通論》，頁 88。

> 始皆令也。〔註81〕

故吳熊和說：

> 不從音樂上分辨各類樂曲的特點，光用訓詁的方法望文生訓，其解釋就必然不正確。〔註82〕

從吳氏的討論，就可以明白慢詞是屬於慢曲子的詞調，節奏偏慢；長調卻是體製上（詞文）較長的詞調，在節奏上有快有慢。故而吳氏又曰：

> 慢詞一般字多調長，但不能反過來說凡長調都是慢曲。過去常在長調與慢曲之間劃上等號，這是失實的。〔註83〕

弄清楚慢詞和長調的差異是必要的，但是當我們讀到宋代及後人的詞評、詞論中用「慢詞」一語時，必須要明白它是常常包含「慢詞」與「長調」二者的意義，以免誤解。以下提到慢詞的時候就是這種涵義。

慢詞發展得比小令緩慢，楊海明《唐宋詞史》回顧慢詞發展的歷史，大要是說：王灼認為慢詞至少在中唐已經興起，證之《唐五代詞》〔註84〕就收有杜牧〈八六子〉、鍾輻的〈卜算子慢〉、薛昭蘊的〈離別難〉、尹鶚的〈金浮圖〉、李存勖的〈歌頭〉。其中杜牧〈八六子〉創作手法相當老練，秦觀的〈八六子〉似乎受到他的影響，而歌詞正式冠上「慢」字的，可能起於鍾輻。再如敦煌曲詞中《雲謠集》即收錄一百零四字的〈內家嬌〉和一百十字的〈傾杯樂〉，以及〈鳳歸雲〉、〈拜新月〉等長調。然而比起小令的數量來說，還是不多，原因可能是：其一，慢詞是新詞體，再加上冗長，不易創作，人們樂於挑短小的令詞來填寫。其二，當時可能有嗜「小」、「嗜短」的藝術傾向，比如詩體的長篇多被用作「抒情」、「遣興」，當時人偏嗜小令大概也是風尚。〔註85〕以上說明了五代、宋初慢詞發展比較遲緩的原因。

〔註81〕《樂府餘論》，《詞話叢編》第三冊，頁2500。
〔註82〕《唐宋詞通論》，頁90。
〔註83〕《唐宋詞通論》，頁97。
〔註84〕張璋、黃畬輯《全唐五代詞》，臺北：文史哲出版社，1986年10月。
〔註85〕《唐宋詞史》，頁279～281。

但是我們另外還可以考慮下列因素：其一，即宋朝初年士大夫們對詞體還持著相當輕視的態度，如何改進詞體以迎合大眾的胃口，可能不是他們所措意的；其二，民間作家、歌女有能力改進詞體的人可能也不多。所以至今民間流傳下來的，以及士大夫創作而流傳下來的宋初慢詞作品並不多見。

北宋中期，民間逐漸興起「新聲」，柳永詞中提到新聲競奏的情況，如：

風暖繁弦脆管，萬家競奏新聲。(〈木蘭花慢〉)

是處樓台，朱門院落，弦管新聲騰沸。(〈長壽樂〉)

省教成，幾闋清歌，盡新聲，好尊前重理。(〈玉山枕〉)

此處「新聲」就是指「曲子」，是唐、五代民間一脈相傳下來的流行音樂。曲子是由「宴樂」演化而來，「宴樂」又稱「燕樂」。「宴樂」從名稱上來看，「原當指賓客宴飲時所奏之音樂」。〔註86〕這種音樂從何而來？它是由「清樂」和「胡部」音樂融合而來。所謂「清樂」即「前世新聲」;「胡部」音樂從四夷傳入之後，逐漸受民間人士的雅好，久而久之，則與「前世的新聲——清樂」相結合，成爲所謂「宴樂」（燕樂），流行於「胡夷里巷」之中。〔註87〕進入宋朝，相應於社會的安定，城市經濟的發達，爲了滿足市民享樂的需求，音樂產生了變化，在宋人的口中就稱爲「新聲」。北宋的慢詞、長調，隨著新聲逐漸成長，在朝廷官方方面，據《宋史·樂志》記載已經汰除坐部不用，沿用舊曲轉創新聲，又《宋史·樂志》記載太宗「洞曉音律」，親製新聲。《碧雞漫志》卷二說：「國初平一宇內，法度禮樂，寖復全盛，而士大夫樂章頓衰于前日。」〔註88〕可見這類的宮廷新聲並沒有流傳

〔註86〕見葉嘉瑩〈論詞的起源〉一文，刊在葉嘉瑩、繆鉞合撰《靈谿詞說》。臺北：國文天地雜誌社，1987年11月，頁5。

〔註87〕以上有關「宴樂」的來源，係參考葉嘉瑩〈論詞的起源〉一文，刊在葉嘉瑩、繆鉞合編撰《靈谿詞說》，頁1～6。

〔註88〕《碧雞漫志》卷二第一條〈唐末五代樂章可喜〉，《知不足齋叢書》第六函卷二，臺北：藝文印書館，1966年，頁1。

出來成爲士大夫宴會用的曲調。

柳永生當北宋眞宗、仁宗盛世，雖然出身官宦家庭，但青年時期寓居汴京，混跡於煙花酒館之間，又雅好俗樂歌詞，自己能度曲又有寫作歌詞的才華，對「新聲」不但甚爲熟悉，還發揮創造的藝能，將諸多小令推擴爲慢詞、長調。據現存文獻記載，當時柳永所製曲調果眞能聳動人心，他的歌詞更是膾炙人口，所謂「凡有井水飲處，即能歌柳詞。」(《避暑錄話》卷下記一位西夏歸朝官所云)，〔註 89〕清代宋翔鳳《樂府餘論》說：

> 其慢詞蓋起宋仁宗朝。中原息兵，汴京繁庶，歌臺舞席，競賭新聲。耆卿失意無俚，流留坊曲，遂盡收俚俗語言，編入詞中，以便伎人傳習，一時動聽，散播四方。其後東坡、少游、山谷輩，相繼有作，慢詞遂盛。〔註 90〕

本文在前面已經提到敦煌曲子詞以及唐末、五代，有不少的長調和慢詞，至少鍾輻的〈卜算子慢〉已經以「慢」爲詞牌名，《宋史・樂志》記自宋眞宗乾興以來，「其急、慢曲子幾千數」，由此可知，慢詞起源應該比宋仁宗朝還早。然而專心創製長調、慢詞的首位重要人物，就非柳永莫屬了。吳熊和《唐宋詞通論》第四章說：

> 《樂章集》二百多首，凡十六宮調，一百五十曲（曲名同而宮調異者，仍別作一曲），所增新聲絕大多數是長調慢曲。其曲名在教坊曲（有四十多曲）、敦煌曲（有十六曲）本爲小令者，柳永亦大都衍爲長調。〔註 91〕

這麼說來，有接近百曲是出於他的改創。《唐宋詞通論》說他創調的來源頗廣：有教坊新腔和都邑新聲。像唐代舊曲〈浪淘沙〉、〈定風波〉、〈木蘭花〉、〈應天長〉、〈長相思〉、〈玉蝴蝶〉等，都被他度爲慢曲長

〔註 89〕《避暑錄話》卷三，《景印文淵閣四庫全書》第 863 冊，臺北：臺灣商務印書館，1983 年 3 月，頁 674。

〔註 90〕《樂府餘論》，《詞話叢編》第三冊，頁 2499。

〔註 91〕吳熊和《唐宋詞通論》，杭州：浙江古籍出版社，2001 年 10 月，頁 191。

調。像〈透碧霄〉、〈二郎神〉、〈曲玉管〉、〈六么令〉、〈雨霖鈴〉、〈安公子〉……等，唐代是教坊曲，並沒有詞，柳永都度爲詞調。柳永自創的詞調有兩類：一類如〈雨霖鈴〉、〈八聲甘州〉、〈望海潮〉、〈滿江紅〉等，一類如〈殢人嬌〉、〈合歡帶〉、〈金蕉葉〉、〈傳花枝〉、〈隔簾聽〉等，前者情調健康，格局開展，宜於鋪敘，是很好的抒情曲，後者都可歸之於「冶蕩之音」。〔註 92〕

柳永開拓慢詞，不但創製新的曲調，還增加曲子的長度，曲子增長了，相應的曲詞也增加了字數。如此，長篇的結構組織要防止它鬆散，是誰最先發展出綰合的手法呢？自然又是柳永。他綰合長篇詞的方法，就是善用「領字」。孫康宜在其《晚唐迄北宋詞體演進與詞人風格》書中論曰：

> 方之小令，慢詞較長。正因如此，慢詞才需要較多的虛詞，以維繫通篇的流暢。……「領字」可使句構富於彈性，這是慢詞的另一基本特徵，也是柳永的革新何以在詞史上深具意義之故。〔註 93〕

又曰：

> 柳永充分利用「領字」，化之爲整體修辭的部分要素，爲慢詞建立起一套獨特的章法。〔註 94〕

從以上看出，「領字」扮演著連接詞的功能，使「詞組」之間起了連繫的關係，又具有綰合所領詞組全體趨向的作用：或用以追述往昔（「念」），或再面對當前（「還又」、「卻又是」），或加深感觸（「那堪」、「更」），或推展時序（「漸」），或推想未來（「料」、「縱」、「怕」）。總之，時空的變化，多靠這些領字來領導，也同時將情緒引領出來，使詞意不但連綿不絕，更起了跌蕩往復的變化和美感。孫氏又曰：

> 柳永慢詞裡的「領字」，是他得以發展出序列結構的功臣。情感的推衍與意象的細寫都在此一序列結構中結爲一體，

〔註 92〕詳見《唐宋詞通論》，頁 140～141。

〔註 93〕見孫康宜《晚唐迄北宋詞體演進與詞人風格》第四章，頁 155。

〔註 94〕《晚唐迄北宋詞體演進與詞人風格》第四章，頁 157。

> 使詞中意蘊遼闊得無遠弗屆。〔註 95〕

有了「領字」的妙用，慢詞的拓展遂找到了一把開疆闢土的利斧，從此以後，宋詞才從早期的小令習套，發展出別具宋人特色的慢詞，蘇軾及以後的詞人，遂逐漸懂得利用「領字」來創作。也就因爲慢詞的興起，詞樂的樂律乃更加細密，詞體能別出於詩體之外，宋詞樂律的自具面目，要亦一因。嗣後，北宋末的周邦彥得集詞律之大成，自不能忽視柳永在樂律、領字上努力開拓的功勞。

張先和柳永爲同時代的人，而張也是有心創製慢曲的先鋒。孫望主編的《宋代文學史》說：「在張先所運用的九十三個詞調中，自創的新調占有一半，表現出善於擇取時調新聲以創製新曲的藝術修養和創造才能。」〔註 96〕肯定他創製新曲的才能。《張子野詞》中如〈山亭宴慢〉、〈謝池春慢〉、〈宴春台慢〉、〈喜朝天〉、〈少年游慢〉、〈剪牡丹〉、〈熙州慢〉、〈泛清苕〉、〈碧牡丹〉等，都是慢詞。其中〈謝池春慢〉（繚牆重院）一闋，是他寫「玉仙觀道中逢謝媚卿」的一段艷遇情事，傳唱一時。〔註 97〕《宋代文學史》稱：

> 柳永與張先同作慢詞，柳以「鋪敘展衍，備足無餘」（李之儀〈跋吳思道小詞序〉）取勝，而張則「多用小令作法」（夏敬觀手批《張子野詞》）爲之，反映出小令向慢詞發展的轉變特點。〔註 98〕

總之，北宋的長調慢詞，經過他們二人的努力開拓，已經舖展了一條康莊大道，使詞體的容納性擴大了。但他二人的局限性，卻是在生活的格局上、思想的空間上以及寫作章法變化上的不足。張先一生波瀾起伏不大，晚年又生活在富庶的江南，他的詞婉麗有餘而內涵不足是

〔註 95〕《晚唐迄北宋詞體演進與詞人風格》第四章，頁 159。

〔註 96〕孫望、常國武主編《宋代文學史》上，第九章第三節，北京：人民文學出版社，2001 年 12 月，頁 163。

〔註 97〕見《古今詞話》〈張先〉第三條，刊於《詞話叢編》第一冊，北京：中華書局，1996 年 6 月，頁 24。

〔註 98〕《宋代文學史》上，頁 164。

自然的。柳永雖然從事於曲調的改進，也在詞文中抒發了個人的情志，但究竟受限於個人的生活層次和思想層次。故孫維城《宋韻》論道：

> 總之，以賦爲詞的缺陷與柳永個人秉賦的局限，使得當時柳永所代表的慢詞寫作走入凝固化、程式化的狹小胡同，亟待後來者加以改造。〔註99〕

其實這不止於個人問題，整個時代的風氣與社會環境的變遷，更是影響詞體進化的巨大力量，後面所討論黨爭的種種影響，正是針對詞壇何以蓬勃發展作出的解釋。

〔註99〕孫維城《宋韻》第六章，合肥：安徽大學出版社，2005年1月，頁135。

第四章　新舊黨爭與文禍

新舊黨爭大致起訖於何時？本文為方便於論述，以熙寧二年（1069）實行變法為開始，至靖康二年（1127），徽宗、欽宗被擄北上為結束。以這段時間作觀察，是考量新法的推行在這段時期最雷厲風行，影響層面既廣而牽涉人物亦眾；同時，舊黨亦曾伺機反撲報復，所引起的漫天波濤，歷歷可察，從政治和文學的角度來看，其階段性至為明確。但是，如果把南宋舊黨子孫的平反活動也算在內，顯然就不止這大約六十年而已。本文顧及進入南宋之後又是另外一種新的政治局面，思想上起了大反省，在詞學發展上也變了一個新的面貌，為免於冗長及枝節，大致斷之以北宋滅亡為止。〔註1〕

北宋新舊黨爭開始在神宗時期，本來是為了解決國家政策上的種種問題，不料到了後來，由政見之爭轉而為意氣之爭，不但激化成二大黨派的互相傾軋，並導致國家政策的朝令夕改，使政策不能貫徹。更可怕的是因為政治立場的差異，牽扯出政敵的文學作品以羅織罪名，遂行政治上的打壓誣陷，逐漸導致治世長才的埋沒。哲宗即位初期，太皇太后高氏專意進用舊黨人士，此時期開始廢除新法，斥逐新

〔註1〕新舊黨爭起訖時間，諸家多以熙、豐新政為起始，結於北宋之亡。如蕭慶偉《北宋新舊黨爭與文學》、吳熊和的《唐宋詞通論》、羅家祥《北宋黨爭研究》諸書皆持此觀點。

黨人士。而舊黨之間卻又分裂成洛、蜀、朔三派，自相排擠，並且不知尊重哲宗，哲宗早已懷恨在心。待高氏一死，哲宗盡逐舊黨，召回新黨份子，引出一批專門以報復爲懷、擅權害忠的小人。徽宗踐祚，雖然短期的並用二派人士，不久卻又以崇寧爲號，立黨人碑而禁錮之，且禁絕舊黨文人之學術著作。從此國政沒有棟樑大臣來主持，蔡京等小人在朝，忠良盡斥，當政的宋徽宗君臣，耽於酣嬉，又對鄰境強敵情勢認識不清，終於招來金人的入侵。徽宗、欽宗二帝無力抵擋，被擄北狩，造成宋人永遠難以釋懷的靖康之恥。這個結果和神宗新政欲富國強兵的初衷卻是背道而馳。黨爭之禍，其實不止牽連士大夫階級而已，舉國都爲之傾頹，足以讓後人戒懼。

以下概依時代先後，略述北宋後期新舊黨爭過程，在互相傾軋的過程中，雙方不但在政治議題上針鋒相對，更在道德論述上嚴「君子、小人之辨」，以凸顯自己政見的正當性。爲了進一步打擊異己，使出了將政敵的文學作品污名化的卑劣手段，醞釀出接二連三的文禍，開了後代文字獄的惡例，影響不可謂不大，故而在以下敘述的每一段時期，連帶論述曾經發生的文禍。

第一節　熙、豐新政與舊黨分子的外放

王安石對國事一向關注，早期范仲淹變法的時候，王安石才剛剛登第不久，對於新政所要變革的國家各方面弊病，他也早就有同感，開始努力思考更廣泛且具體的革新方案。在簽判淮南（揚州）、知鄞縣通判、知舒州等地方官的時候，實際了解民瘼，並實驗自己的某些改革構想。如在鄞縣就實施類似「青苗法」的借貸，甚有成效。〔註 2〕仁宗至和二年（1055），回京任中央官員，親身體驗最高權力機關的運作，對治國的大體已了然在心。同時他任職近二十年，也竭力研習

〔註 2〕《宋史·王安石傳》卷三二七第 13 冊，說荊公在鄞縣：「貸穀與民，出息以償，俾新陳相易，邑人便之。」臺北：鼎文書局，1980 年 5 月，頁 10541。

經典，由古代典章制度與當前社會局勢的對比，他已經逐漸建構出一套系統性、全面性又和現實制度接軌的治國藍圖，只是還沒有得到恰當的時機以付諸實現。

嘉祐二年（1057），王安石出知常州，一年後，升任提點江南東路刑獄公事，建議廢除榷茶法，而果然有成效，並不因此而減少稅收。嘉祐三年（1058），回任中央，入京獻〈言事書〉，可惜仁宗未予重視。嘉祐六年（1061），他升任知制誥，已是皇帝近臣。兩年後（嘉祐八年），仁宗病逝，王安石也在當年丁母憂返回金陵，並設帷講學，慕學者來自四方。四年之後，即治平四年（1067），入京爲翰林學士。次年，神宗即位，爲熙寧元年（1068），王安石應召入對，並寫了〈本朝百年無事札子〉一文上奏，神宗深受感動，就在次年（熙寧二年 1068），任命王安石爲右諫議大夫、參知政事（副相），讓王安石放手推行一連串的改革。從二月起，陸續頒佈新法，都是牽動全國的財、經、農、軍等大法。這些法令與舊臣們習以爲常的法規大相逕庭，大臣經常以破壞祖宗家法、施行不便、有與民爭利之嫌的理由，加以非議阻撓。同時人民習於安定已久，又不知道新法的眞正內容，多有手足無措，誤違法令者。大臣們爲新法常常爭議於皇帝面前，而神宗皆堅定的支持王安石，王安石也極爲堅持己見，毫不退讓，結果包括歐陽修、呂誨、司馬光、蘇軾等人在得不到皇帝的支持，意見不被王安石等新進接受之下，紛紛求去。王安石既得不到守舊大臣的支持，乃開始進用一批新人，如曾布、章惇、蔡確、呂惠卿、鄧綰、李定等人，於是兩大壁壘分明的黨派，在此時逐漸的成型。在熙、豐年間，顯然是守舊份子逐一離朝的態勢。進入哲宗朝前期，舊黨份子復回朝掌權，此後則進行著得勢之後失勢，失勢之後得勢的反覆過程。

以下依四點述論之：一、新法實施時程與內容。二、新舊黨議政立場。三、舊黨大臣的外放與烏臺詩案。四、變法之檢討。

一、新法實施時程與內容

爲了了解王安石的新法如何實施，以下先依照年代順序，將新法實施的進程一一羅列於後，緊接著則分項目稍作解說，以一清眉目，到了後面討論相關議題時，則不必再插敘解說。

熙寧二年（1069）

二月，任參知政事，設「制置三司條例司」。

七月，行「均輸法」。

九月，行「青苗法」。

十一月，行「農田水利利害條約」。

十二月，行「募役法」(即免役法)。

熙寧三年（1070）

十二月，安石爲禮部侍郎、同中書門下平章事，行「保甲法」。

熙寧四年（1071）

二月、三月，科舉改試經義策論，不考詩賦。學校制度則依「太學三舍法」。

熙寧五年（1072）

三月，行「市易法」。八月，頒「方田均稅法」、「保馬法」、「三經新義」。

熙寧七年（1074）

四月，王安石罷相。

熙寧八年（1075）

二月，安石復相。

熙寧九年（1076）

十月，安石再次罷相。〔註3〕

以下概要說明各項新法的主要內容：

（一）「制置三司條例司」：三司是指戶部、鹽鐵與度支三司，設

〔註3〕 依《宋史・王安石傳》第三冊卷三二七節錄，臺北：鼎文書局，1980年1月，頁2821～2822。

立這一個機構，其目的在「掌經畫邦計，議變舊法」，由呂惠卿主持，任條例司的檢詳文字，以章惇爲編修三司條例官，曾布爲檢正中書五房公事，以協助王安石。

（二）「均輸法」：規定東南六路根據物價的貴賤，收購各項物資，確保中央地區的物價平穩。

（三）「青苗法」：規定地方政府，在每年夏秋兩季農作收成前，可依農民需要，借貸錢穀，以半年爲期，取息二分，至收成後攤還本息，可以免除農民向富商地主借高利貸之害。此外政府還可以多得到一些「青苗」利錢。

（四）「農田水利法」：獎勵各地開荒墾地、興修水利、建立堤防、修築圩埠，由相關百姓依照能力出資興建，如果工程浩大農戶財力不足可向官府借貸青苗錢，同時對修水利有成績的官吏，按功績大小給予升官的獎勵。有益於興修水利之百姓亦有獎賞。

（五）「募役法」：亦稱免役法。宋初役法規定，百姓依戶等輪流充任官差，差事重而且常常延誤百姓農桑工作，民以爲苦。今改爲募役，人民可以依貧富等級出「免役錢」予官府，另外僱用他人服役，亦可減少無業遊民。

（六）「保甲法」：此法有化全民爲兵的構想，即由農村居民編組，十家爲一保，五保爲一大保，十大保爲一都保，擇丁壯爲保長，家有二丁以上則出一保丁，負責維安及巡夜，農暇則習武，兼可強兵。

（七）「太學三舍法」：將太學分爲外舍、內舍與上舍，外舍學習優異者入內舍，內舍學生學習優異者升爲上舍，上舍學生學行尤優異者免試授官。以此取眞才實學者爲官。

（八）「市易法」：在京城設市易務，以平價收購商人滯銷貨物，待市場缺貨則賣出，以平抑物價，則官府亦多獲價差。商人亦可向官府貸款後抵押，以取得市易務之囤貨，運往四方販賣，得錢償官，以取價差。此法後來也推行至其他大城。

（九）「方田均稅法」：將全國土地分五等級，依肥沃貧瘠課徵土地稅。

（十）「保馬法」：國家軍用馬匹，部分由人民飼養，政府給予糧料錢，人民有財利，而政府有戰馬。唯馬死則人民必須償錢。〔註4〕

二、新、舊黨議政立場

對於新政的頒布和推行，保守派的人士習慣於因循，不願意看見政局的動盪，更不願意自己已得的利益被侵削，於是紛紛起來攻擊新法。他們提出的觀點有一部份是明顯的無理，有一部份有其道理而不符合實際，有一部分卻是針對新法的缺失而發，不可把舊黨人士的異議一概看作無理取鬧。在新法實施的初期，以道德觀議政與純粹議政爲二大論政態度，轉變到後期，以意氣之爭爲政爭主要活動時，新法改革的意義遂被模糊掉了，恐怕這是宋神宗一意改革所始料未及的。

先談道德性的論政這一方面。舊黨人士非議的著眼點首先就在於「義利之辨」，以君子、小人分辨新、舊黨。而新黨人士反駁的焦點，大多是集中在舊黨份子的老舊頑固的觀念，要不然就是舉老臣「不臣」、「驕主」爲藉口，陷老臣於不義，而且也口口聲聲說守舊大臣是姦佞、小人。雙方都是依據倫理道德的觀點來攻擊對方，而焦點就集中在「義利之辨」上。

有關於義利之辨，本文在第二章討論文人政治的特徵時，即已提出儒家原始觀念中，以「君子喻於義，小人喻於利」爲標準。到了儒家思想復興的宋朝這個時期，文人更振振有詞的將「義利之辨」，拿來作爲分別君子、小人之黨的依據，於是，舊黨對新黨攻擊的第一口實即是「新黨人物都是與民爭利的小人」。在還沒有進行變法之前，王安石對守舊大臣的不滿早就顯現出來，魏泰《東軒筆錄》卷十說：

嘉祐初，李仲昌議開六塔河，王荊公時爲館職，頗祐之。

〔註4〕以上係據雷飛龍〈北宋新舊黨爭與其學術政策之關係〉一文檃括而敘。《政大學報》11期，1965年5月，頁201～244。

既而功不成，仲昌贓敗。劉敞侍讀以書戲荊公曰：「要當如宗人夷甫，不與世事可也」。荊公答曰：「天下之事所以易壞而難合者，正以諸賢『無意』，如鄙宗夷甫也。但仁聖在上，故公家元海未敢跋扈耳」。〔註5〕

這段故事，說明王安石對當時大臣的苟且因循、無意銳進，表現出鄙夷的態度，而且不假辭色。因爲這個個性，大臣們早先就對他極爲反感，所以當富弼與王安石同一個月入相的時候，富弼上書神宗說：

今中外之務漸有更張，大抵小人惟喜生事，願深燭其然，無使有悔。〔註6〕

從後來與王安石所起的嫌隙來看，富弼所稱的小人，暗有所指，但也不難得知是誰。這年的五月，呂誨彈劾王安石：「大姦似忠，大詐似信」以及「外示樸野，中藏巧詐，驕蹇慢上，陰賊害物……誤天下蒼生，必斯人矣。」〔註7〕這就直接攻擊王安石的人品了。以上所談的是人身攻擊，而攻擊的口實即「誣陷」荊公爲「小人」，本文用「誣陷」二字是對荊公的平反，由後來的一切作爲看來，荊公至少還不至於像蔡京一般的大姦，只是剛愎自用，較不能容人罷了。但是這種抨擊異己者是小人的風氣，從此越煽越熾，朋黨也越結越分明。凡是反對新法的就成爲王荊公眼中的守舊派人士，守舊人士則目荊公等推行新法的人士爲小人一黨，開始對著「逐利」這一主題大作文章。如熙寧二年（1069），富弼指斥王安石「平居之間，則口筆丘、旦；有爲之際，則身心管、商」，〔註8〕喻王荊公如管仲、商鞅的急功近利，就是把他看成逐利的小人。同年十二月，當時爲直史館、權開封府推官

〔註5〕魏泰《東軒筆錄》卷十，刊於《景印文淵閣四庫全書》第1037冊。臺北：臺灣商務印書館，1983年3月，頁476。

〔註6〕《宋史》第三冊卷三一三〈富弼傳〉，臺北：鼎文書局，1980年1月，頁2740。

〔註7〕趙汝愚《諸臣奏議》卷一〇九〈上神宗論王安石姦詐十事〉，永和：文海出版社，1970年5月，頁3658～3661。

〔註8〕王明清《揮麈後錄餘話》卷一〈富文忠上章自劾〉條，刊於《揮麈錄》第四冊，北京：中華書局，1985年，頁931。

的蘇軾，上了一封〈上神宗皇帝書〉論道：

> 夫制置三司條例司，求利之名也；六七少年與使者四十餘輩，求利之器也。……則莫若罷制置三司條例司。〔註9〕

書中不但指稱王安石與同時進用的新人爲小人，因爲他們所求一切都是爲「利」；還勸神宗不要急功近利，立國要重視的是道德與風俗，故後文接著說：

> 國家之所以存亡者，在道德之淺深，不在乎強與弱；曆數之所以長短者，在風俗之厚薄，不在乎富與貧。……今議者不察，……招來新進勇銳之人，以圖一切速成之效，未享其利，澆風已成。〔註10〕

以上全部的焦點都在道德勸說方面，看來似乎是太過於冬烘泥古，其實也未必盡然，我們還得就蘇軾這份奏書的全文做更全面的考察。

就純粹的議政上來看，此份奏書討論新法弊病的地方，其實佔大部分，而且多是針對現實的社會狀況而發，甚至預測青苗法未來可能有的弊病，後來果真呈現出來。〔註11〕如奏書當中有云：

> 青苗放錢，自昔有禁。今陛下始立成法，每歲常行，雖云不許抑配，而數世之後，暴君污吏，陛下能保之歟？異日天下恨之，國史記之，曰青苗錢自陛下始，豈不惜哉！〔註12〕

青苗錢爲救農民一時之急，用意似佳，其實政府暗中已經獲取利息，王安石等人的目的本來在此，執法者若依法行政也就得了，但是執法者能個個都秉公處理嗎？蘇軾的擔憂後來果眞應驗，有些官員爲了邀功，硬是攤派給不想借貸的商家、財主，如此收得利錢以回報邀功，讓民眾叫苦連天。不但蘇軾對青苗錢有所批評，范鎮也說：

〔註9〕《蘇軾全集·文集》卷第二十五，上海：上海古籍出版社，2000年5月，頁1135。

〔註10〕《蘇軾全集·文集》卷第二十五，頁1139～1140。

〔註11〕有關蘇軾〈上神宗皇帝書〉與〈再上皇帝書〉對新法的批評與當時社會的現實狀況有否吻合，請參考洪亮《蘇東坡新傳》的討論。臺北：國際村文庫書店，1993年12月，頁143～149。

〔註12〕《蘇軾全集·文集》卷第二十五，頁1138。

> 貧富之不均久矣，貧者十蓋七、八，何也？力役科買之數也，非富民之多取也，富者才二、三，既榷其利，又責其保任下户，下户逃則於富者取償，是促富者使貧也。〔註 13〕

這裏是說青苗錢不但抑配給富人，還叫富人爲窮人作保，等到窮人付不起利息，必定要自富人取償，同樣使富人也變窮了。歐陽修也認爲：「欲乞先罷提舉管勾等官，不令催督，然後可以責州縣不得抑配。」〔註 14〕後來連王安石的門人陸佃也說：「法非不善，但推行不能如初意，還爲擾民，如青苗是也。」〔註 15〕以上合起來看，他們這幾位針對青苗錢的批評，第一是利息太重，第二是將來必有違法抑配的行爲發生。這個顧慮的確是看清了問題的所在，對實際人性的弱點有著深刻的認知。

新黨份子怎麼反擊呢？恰好他們也是用「君子、小人之辨」來回敬對方。如王安石在〈答司馬諫議書〉中說：

> 蓋儒者所爭，尤在於名實。名實已明，而天下之理得矣。今君實所以見教者，以爲「侵官」、「生事」、「征利」、「拒諫」，以致天下怨謗也。某則以謂受命於人主，議法度而修之於朝廷，以授之於有司，不爲「侵官」；舉先王之政，以興利除弊，不爲「生事」；爲天下理財，不爲「征利」；闢邪說，難壬人，不爲「拒諫」。至於怨謗之多，則固前知其如此也。〔註 16〕

王荊公認爲理財是爲了富國，不是徵逐不義之財。對於此說詞，站在公的立場，似乎不能苛責，站在民眾私人的立場，則覺得被剝削了，姑不論此。荊公自認爲他不接納人意見，是「闢邪說，難壬人」而非「拒諫」，則任何提出異議的人不就是小人（壬人）了嗎？相對的，

〔註 13〕《諸臣奏議》卷一一一〈上神宗論新法〉，《宋史資料萃編第二輯》。臺北：文海出版社，1970 年 5 月，頁 3749。

〔註 14〕見《歐陽修全集》下冊卷四〈言青苗錢第一箚子〉，頁 273。

〔註 15〕《宋史・陸佃傳》第四冊卷三四三。臺北：鼎文書局，1980 年 1 月，頁 2922。

〔註 16〕《王安石文集》卷二十九，刊在《王安石全集》上冊，臺北：河洛圖書出版社，1974 年 10 月，頁 12。

他就是自居爲「君子」了。總之，站在自己的立場談道德，當然自己就是君子了。荊公爲自己辯護時還搬出《周禮》、「先王之政」、「先王之法」等爲據，而且也極其關心仁義道德的教化。羅家祥在《北宋黨爭研究》提到王安石與神宗論政，不忘禮義教化一事，引證甚多，而說：「他所追求的理想局面，是既有忠信廉恥之風，又有富國強兵之實。」〔註 17〕羅氏舉出王安石有心提倡風教。不過，我們從現存文獻來看，王安石新法的重心，還是在理財、富國、強兵上面，而且行之確有實效；至於道德教育則很難立竿見影，又沒有什麼具體事證可以驗證。總之，兩黨相互之間以「君子、小人」攻訐，是難以持全然中立的立場辨明的，卻又是雙方最喜歡用的攻擊利器。。

這個時期，守舊派無法主導政局有其最重要的原因，即只知批評卻「提不出更好的方案」。羅家祥又說：

> 司馬光是如此，保守派的其他官員絕大部分亦是如此，由於他們在安邦治國方面多爲庸材，因他們在對新法大加指責時，既不能周知原有弊法之要害所在，又不能通曉新法立意之本末。祇是憑著強烈的偏見和一些經驗直覺，進行攻擊、破壞和阻撓。正如神宗所說：「朝廷每更一事，舉朝士大夫洶洶。皆以爲不可，又不能指明其不便者果何事也。」〔註 18〕

宋神宗說「不能指明其不便者果何事」，其實也未必如此。前述蘇軾等討論青苗法這一部分就是一語中的，而且蘇軾其文甚長，討論幾個剛剛推出的新法也很詳細，只是由文獻上看，大部分的舊黨成員提不出新的、更好的方案，以解決當前已經產生的弊端，又不肯積極任事，的確是其所短。然而新政也有其短處，若神宗與荊公二人都有一意孤行之嫌，盱衡古事，荊公之執拗是正史、小說及文獻上隨處可見的，如此固執不能自見，新政的缺陷乃不能一一補救或更正。何況神宗後來因爲西

〔註 17〕《北宋黨爭研究》，臺北：文津出版社，1993 年 11 月，頁 55。
〔註 18〕《北宋黨爭研究》，頁 65。

北軍事挫敗，含恨而終，哲宗之後的政局反覆，使新法無法長久貫徹，美意成空，甚為可惜。這麼說來，想要以財經改革來富國強兵，構想上本來是可取的，但是施政方式若有疏漏或舉用人才有所偏差，變法的願望就未必能達成，守舊大臣對新政所作的擔憂也不為無識。

那當時神宗要聽信誰的？如果依照儒家的「義利」來分辨，似乎舊黨所論有理，可是站在帝王財用上的立場，新黨的主張才符合神宗的私衷。神宗要如何處理這二難呢？神宗是交錯雜進，使雙方互為制衡，但政策上還是採用新法，一以貫之。

三、舊黨大臣之外放與烏臺詩案

正當新法施行之際，守舊人士的百般阻撓，造成了王安石極大的反感，而安石也拒絕舊黨人士的建議，甚至給老臣們難堪，找到機會則排擠他們。舊臣們既與安石論政不合，常在殿堂上遭到屈辱，神宗也不採納他們的意見，於是個個心灰意冷，或要求外任，或要求致仕，人數頗多。舊臣所擔當的職務本來多屬要職，待這批人離開中央，政府當中老成而有豐富行政經驗的人逐漸減少，新法與民意的接軌出現了危機。新法的制訂者多以一時的需求，忽略了久安的民情，以為政府獲利甚多而忘了人民受害甚深。逐去老成人是否得當，是新黨諸人思慮不及之處，但當時局勢又不得不如此，否則新法又如何能推行？

陸陸續續地，老成之人范鎮、韓琦、張方平告老還鄉，熙寧三年（1070）四月，呂公著罷御史中丞，以翰林侍讀學士出知潁州。四年（1071），司馬光知永興軍，退居洛陽。同年六月，富弼以左僕射判汝州。呂誨彈劾王安石，神宗不聽，遂求去，出知鄭州。蘇轍議青苗法，觸怒安石，也被差遣除河南府留守推官。歐陽修請求致仕，歸居潁州。知制誥宋敏求、蘇頌、李大臨反對安石引薦李定為監察御史裏行，認為破壞法制，因此坐累格詔命而落職，天下人壯之，稱之為「熙甯三舍人」。監察御史裏行程顥、張戩、右正言李常及其他言官薛昌

朝、林旦、蔣育等，皆因論政觸怒安石，都被罷斥，出爲外郡。還有王陶、文彥博等人，也先後離開了開封。〔註 19〕

在熙寧年間就已經可以看出舊黨被排擠的大趨勢，到了元豐年間更發生了「烏臺詩案」，重重地打擊了舊黨。先是工部郎中兼侍御史知雜事謝景溫，與王安石的弟弟結爲親家，深恐蘇軾擔任諫官將會攻擊新政，遂先發制人，熙寧四年，奏劾蘇軾前於英宗治平三年丁父憂，扶喪歸蜀時，沿途妄冒差借兵卒，並於所乘舟中，販運私鹽、蘇木和瓷器。范鎮、司馬光爲之辯誣，窮治之後，查無實據。新黨另外又苦心積慮想出一個打擊政敵的好手段，就是從文字上羅織罪名。熙寧六年，沈括被派爲兩浙路察訪使，宋神宗曾面諭他：「蘇軾通判杭州，卿其善遇之。」未料沈括忌害蘇軾才華，將蘇軾手書的詩作附在察訪報告裡，籤貼進呈，告他詞皆「訕懟」，神宗置之不問。〔註 20〕

自從蘇軾因爲議政不合自請外放後，先後通判杭州，知密州、徐州，元豐二年（1079）移知湖州，「烏臺詩案」就在湖州任上發生。羅家祥《北宋黨爭研究》說：

> 整個熙豐時期，新黨對舊黨最沉重的打擊，當屬元豐二年（1079），因蘇軾詩案而導致的對眾多舊黨成員的黜責。〔註 21〕

而此案，在元豐二年三月二十七日，由權監察御史裏行何正臣彈劾蘇軾〈湖州謝上表〉揭開序幕，他奏道：

> 知湖州蘇軾〈謝上表〉，其中有言：「愚不識時，難以追陪

〔註 19〕以上係節錄自《續資治通鑑長編》卷二一〇～二二四〈熙寧四年六月甲戌〉,《景印文淵閣四庫全書》317 冊。臺北：臺灣商務印書館，1983 年 3 月，頁 476～697。

〔註 20〕王文誥《蘇文忠公詩編註集成》（二）總案卷十一〈熙寧六年癸丑〉〔誥案〕：「是時，沈括奉詔察訪兩浙，故有是奏。……至神宗諭括善遇蘇軾，而括乃求公手錄近詩一通，籤貼訕懟以進，亦此時事也。」，臺北：臺灣學生書局，1979 年 8 月，頁 675。

〔註 21〕羅家祥《北宋黨爭研究》，頁 78。

新進；老不生事，或能牧養小民。」愚弄朝廷，妄自尊大，宣傳中外，孰不嘆驚。〔註22〕

七月二日，監察御史裏行舒亶也續彈奏道：

臣伏見知湖州蘇軾進〈謝上表〉，有譏切時事之言，流俗翕然，爭相傳誦，忠義之士，無不憤惋。……蓋陛下發錢以本業貧民，則曰「贏得兒童語音好，一年強半在城中」。陛下明法以課試群吏，則曰「讀書萬卷不讀律，致君堯舜知無術」。陛下興水利，則曰「東海若知明主意，應教斥鹵變桑田」。陛下謹鹽禁，則曰「豈是聞韶解忘味，邇來三月食無鹽」。其他觸物即事，應口所言，無一不以譏謗爲主。小則鏤版，大則刻石，傳播中外，自以爲能。其尤甚者，至遠引衰漢梁竇之士，雜取小說燕蝠爭晨昏之語，旁屬大臣，而緣以指斥乘輿，蓋可謂大不恭矣。〔註23〕

這些言論既指蘇軾譏切時事，又說他譏謗新法。故意用「陛下如何如何，則蘇軾如何如何」的行文，意在挑明譏刺新法無異於譏刺皇帝，挑撥宋神宗與蘇軾的君臣關係。御史中丞李定的札子更是惡毒：

臣切見知湖州蘇軾，初無學術，濫得時名，偶中異科，遂叨儒館，有可廢之罪四：……軾怙惡不悔，其惡已著，此一可廢也。……而傲悖之語，日聞中外，此二可廢也。……所謂言僞而辨，……所謂行僞而堅，先王之法當誅，此三可廢也。……遂一切毀之，以爲非是，此四可廢也。〔註24〕

既找不出事實，只好用牽扯文字、攻擊品行的謾罵手法，肆意污衊一番。詔派知諫院張璪、御史中丞李定推治以聞。李定奏請差員「追攝」，神宗批令差官往「追攝」，乃差太常博士皇甫僎捕軾到案。八月二十日，首次勘驗，蘇軾供道：「除〈山村〉五絕外，其餘文字，並無干

〔註22〕朋九萬《東坡烏臺詩案》，臺北：宏業書局，1972年4月，頁1。

〔註23〕朋九萬《東坡烏臺詩案》，臺北：宏業書局，1972年4月，頁2～3。

〔註24〕朋九萬《東坡烏臺詩案》，臺北：宏業書局，1972年4月，頁4～5。又見李燾《續資治通鑑長編》卷二九九〈元豐二年七月己巳〉條。

涉時事。」二十二日，蘇軾又虛稱更無往復詩等文字。二十四日，又虛稱別無譏諷嘲詠詩賦等應係干涉文字。〔註 25〕直至三十日，御史台的官吏不斷地逼迫，在極端恐懼下，蘇軾只得供出「自來與人有詩賦往返人數姓名」。

除了上述舒亶上奏所提出蘇軾的〈山村〉詩之外，蘇軾不得不承認還有以下各詩也含有譏切時事的地方，如〈八月十五看潮五絕〉其四：

> 吳兒生長狎濤淵，冒利輕生不自憐。
> 東海若知明主意，應教斥鹵變桑田。〔註 26〕

蘇軾自供道：「主上好興水利，不知利少而害多，言『東海若知明主意，應教斥鹵變桑田』，言此事之必不可成，譏諷朝廷水利之難成也。」〔註 27〕又〈次韻貢父公擇見寄二首〉之二：

> 何人勸我此間來，弦管生衣甑有埃。
> 綠蟻沾唇無百斛，蝗蟲撲面已三回。
> 磨刀入谷追窮寇，洒涕循城拾弃孩。
> 爲郡鮮歡君莫歎，猶勝塵土走章臺。〔註 28〕

蘇軾自供說：「此詩譏諷朝廷新法削減公使錢太甚，及造酒不得過百石，致管弦生衣甑有埃。及言蝗蟲、盜賊、災傷、饑饉之甚，以譏朝廷政事闕失，及新法不便之所致也。」〔註 29〕又他的〈贈孫莘老七絕〉云：

> 嗟余與子久離群，耳冷心灰百不聞。
> 若對青山談世事，當須舉白便浮君。〔註 30〕

〔註 25〕朋九萬《東坡烏臺詩案》〈中使皇甫遵到湖州勾至御史台〉條。臺北：宏業書局，1972 年 4 月，頁 43。

〔註 26〕《蘇軾全集・詩集》卷十，頁 110。

〔註 27〕《東坡烏臺詩案》〈杭州觀潮五首〉條。臺北：宏業書局，1972 年 4 月，頁 22～23。

〔註 28〕《蘇軾全集・詩集》卷十三，頁 150。

〔註 29〕《東坡烏臺詩案》〈和李常來字韻〉條。臺北：宏業書局，1972 年 4 月，頁 29。

〔註 30〕《蘇軾全集・詩集》卷八，頁 91。

蘇軾自供道：「是時，約孫覺並坐客，如有言及時事者，罰一大盞。雖不指時事，是亦軾意言時事多不便，更不可說，說亦不盡也。」談及時事要罰酒，要在座之人不可談，暗中是不滿時事，其實並未直指哪一件事，還是還被拿出來檢討。又〈和述古冬日牡丹四首〉之一云：

一朵妖紅翠欲流，春光回照雪霜羞。

化工只欲呈新巧，不放閑花得少休。〔註31〕

蘇軾供道：「此詩皆譏諷當時執政大臣以比化工，但欲出新意擘畫，令小民不得暫閑也。」可知此詩不過批評執政愛表現其能力，人民卻以爲紛擾而已。又〈祭常山回小獵〉云：

青蓋前頭點皀旗，黃茅岡下出長圍。

弄風驕馬跑空立，趁兔蒼鷹掠地飛。

回望白雲生翠巘，歸來紅葉滿征衣。

聖明若用西涼簿，白羽猶能效一揮。〔註32〕

蘇軾自供道：「若用軾爲將，亦不減謝艾也。」此詩充分表現蘇軾的本色，有邁往報國的豪氣，卻也被誣指有譏諷朝政之意。其餘如〈和劉道原〉、〈送李清臣〉、〈司馬君實獨樂園〉、〈送曾鞏通判越州〉、〈寄子由〉等詩，凡是詩中和蘇軾交遊的舊黨人士也一一被牽連進來，雖然蘇軾百般地避免牽扯他人，但是所作詩全被搜羅，詩意多被曲解。十二月二十四日結案，最後以責授蘇軾黃州團練副使本州安置作結。與蘇軾交往，牽連被責的計有二十六人，包括張方平、司馬光、范鎮、王詵、蘇轍、王鞏、李清臣、曾鞏、黃庭堅等人，全部都是舊黨，牽連不可謂不廣。〔註33〕這是一種變相的傾軋舊黨份子的手法，新舊黨爭惡鬥的情勢就此成型。而這種以斷章取義的手法，從某人的詩文羅織罪名的做法，前所罕見，從此打開了惡例。

〔註31〕《蘇軾全集·詩集》卷十一，頁119。

〔註32〕《蘇軾全集·詩集》卷十三，頁150。

〔註33〕據《資治通鑑長編紀事本末》卷六十二〈蘇軾詩獄〉條。臺北：文海出版社，1967年11月，頁2016。

四、變法之檢討

前一節提到青苗法可能造成的弊端，後來果真有強迫抑配的事，本來是針對農民，結果連市民也被要求強迫攤派放款。事情傳到京師，神宗便問王安石：「且坊郭安得青苗，而亦強與之乎？」安石勃然進曰：「苟從其欲，雖坊郭何害。」〔註 34〕可見青苗錢的弊端確然發生。

再說保甲法吧，此法本來想兵農合一，放棄原來招募的兵源（包括遊民），但放棄遊民則他們無所事事，一至飢寒交迫，就可能流爲盜賊，實施保甲以後果然發生賊寇作亂的事。另一方面已經有業的農民，訓練爲兵，會妨礙生產，訓練時間不足也不能成爲精兵，此外連武器都要自備，又是強人所難，結果宋朝戰力並沒有大增，至元豐四、五年間，征討西夏乃吞下了敗果。

免役法同樣造成困擾，本來有錢出錢、有力出力，用意甚佳。卻要單丁女戶也出助役錢，而且另外還加收百分之二十的免役寬賸錢，成了額外搜括；此外，每人出助役錢的多寡，既隨著家資高下而定，而家資高下又任隨官吏審定，漫無標準，難免有官商勾結，徇私欺罔的情事。

農田水利本是公家應該舉辦的事，現在鼓勵百姓出錢幫助興修，不啻是壓榨民脂民膏，而公家更可以偷惰卸責。農田水利利害條例用心甚善，但如何防弊呢？保馬法讓人民幫公家養馬，馬死需要賠償，馬價極高，果眞不幸死了，一般百姓如何負擔？窮人家有時一賭運氣，而不幸馬死，無力償錢，則多有入獄逃亡者。又王安石頒《三經新義》來取士，舉子讀書只爲了獵取功名，專心於此，略不讀文史，對治亂興衰、經世實務一無助益，安石暮年，也自覺此舉失敗，嘆道：

> 欲變學究爲秀才，不謂變秀才爲學究也。〔註 35〕

〔註 34〕《宋史・韓琦傳》第 13 冊卷三一二，臺北：鼎文書局，1980 年 1 月，頁 10227。

〔註 35〕陳師道《後山談叢》卷一，臺北：廣文書局，1969 年 9 月，頁 15。

以上這些討論，說明新法用意雖善，但是立法猶有闕漏，執法之人的操守，猶欠缺縝密的考核機制以監督之。

從用人方面來說，王荊公既鄙棄老成人，與之合作的守舊人士既寡，他就汲汲進用年輕的新銳。魏泰說：

> 王荊公秉政，更新天下之務，而宿望舊人議論不協，荊公遂選用新進，待以不次，故一時政事，不日皆舉，而兩禁、臺閣、內外要權，莫匪新進之士也。〔註 36〕

這些新進爲了晉升快速，多是投安石所好，或百般讚揚新法至善，或嚴厲執行新法以邀功，其中就有品格極低劣的。〔註 37〕如此新法的弊端不但神宗不曉，甚至王安石本人有時候也不知道，而新人執行不當，破壞立法的美意，安石也每每被蒙蔽。還有舊黨之人不願意合作，使新法執行有障礙，也是變法未竟全功的一項因素。

第二節　元祐更化與舊黨回歸

宋神宗的新政雖然持續推行了十七年，但是成效有限，政府的稅收增加了，財務上寬裕了，法令執行卻有不能貫徹的地方，也有被曲解濫用的地方，導致民心不安，甚至引起民怨。又對西夏戰爭的失利，死傷兵民數十萬，國力也爲之耗弱。及至神宗去世，哲宗以十歲沖齡繼位，乃由太皇太后高氏（英宗后，神宗母）垂簾聽政，高氏長期在宮廷觀察歷任皇帝施政，對其公公仁宗時期物阜民豐、社會安定的情景頗爲懷念，嚮往保守穩重、雍熙和睦的政風，於是積極召回舊黨大臣，陸續廢除新法。尤其是見到自己的兒子神宗的宵衣旰食，卻因征討西夏失敗，抑鬱而終，深覺哀痛，一心想要避

〔註 36〕魏泰《東軒筆錄》卷五，刊於《景印文淵閣四庫全書》第 1037 冊，臺北：臺灣商務印書館，1983 年 3 月，頁 443。

〔註 37〕如《續資治通鑑》第三冊卷六十八記鄧綰此人：「其辭蓋媚王安石，又貽書及頌，極其妄諛。……明日，果除集賢校理、檢正中書孔目房公事，鄉人在都者皆笑且罵，綰曰：『笑罵從汝，好官我自爲之。』」臺北：世界書局，1974 年 1 月，頁 1690。

免重蹈覆轍，於是聽任舊黨大臣施政。首先召回司馬光爲相，由司馬光主導，陸續召回呂公著、范純仁、梁燾、文彥博、呂大防、劉摯、蘇軾、黃庭堅、孫覺等人返回中央，新黨人士一概斥逐，新法一一廢止，這種清一色由舊黨主持中央政權的局面，後代稱爲元祐更化。〔註 38〕以下首先要討論的是元祐舊黨斥逐新黨與車蓋亭詩案；其次，論舊黨的內訌；其三，討論蘇軾策題招謗事件。

一、元祐舊黨斥逐新黨與車蓋亭詩案

因爲熙、豐時期，舊黨人士大致都被排擠在外，偶然被神宗召回，也不過居於備員的地位（也是神宗異論相攪、互相制衡的策略運用），實際政令皆出於新黨諸人，政權也多由新黨操持。新黨諸人並不尊重舊黨老臣，司馬光等舊黨人士在元祐初期回朝之後所持的心態，不再只是由政見之異同而分出彼此，更是由從前的不滿轉生怨恨，而更化正是報復的好時機，凡是新法一概要廢除，凡是新黨諸人一概要拔除。雖然舊黨中也有些人察見新法實施多年後的成效，以爲不可以完全廢除新法，如蘇軾對新法所致的成效還是有所肯定，對從前的偏見有所懺悔。《蘇軾全集．文集》卷五十一〈與滕達道〉六十八首之八載：

> 某欲見面一言者，蓋爲吾儕新法之初，輒守偏見，致有異同之論，雖此心耿耿，歸於憂國，而所言差謬，少有中理者。〔註 39〕

又如范純仁自熙寧之初就強烈反對變法，到了元祐時，則極力反對司馬光盡改新法，比如在役法的問題上，力主保留新法；在青苗錢問題上，認爲「國用不足，建請復散青苗錢。」〔註 40〕但是在報復心切的守舊大臣主導下，新法一概被抹殺，元豐八年，七月罷保甲法，十一

〔註 38〕《資治通鑑長編紀事本末》卷九十五〈用舊臣〉條（上），臺北：文海出版社，1967 年 11 月，頁 2921～2951。

〔註 39〕《蘇軾全集．文集》卷五十一，頁 1693。

〔註 40〕見李燾《續資治通鑑長編》卷三八四〈元祐元年八月辛卯〉條，刊於《景印文淵閣四庫全書》第 320 冊，臺北。臺灣商務印書館，1983 年 3 月，頁 582。

月罷方田法，十二月罷市易法、保馬法。元祐元年，閏二月罷青苗法。施行已久，一部份已經著有成效，國家稅收增加到可以抵二十年所用、人民才逐漸熟悉的新法，戛然終止，北宋的國政乃從此走上紊亂衰敗的局面。

元祐元年（1086）六月，詔授呂公著尚書左丞，公著乃推薦孫覺、范純仁、李常清、劉摯、蘇軾、黃巖叟等人。司馬光除推薦劉、范二人，還推薦趙彥若、傅堯俞、唐淑問、范祖禹等人，以爲以上諸人都可寄予大任，另外又推薦呂大防、王存、李常、胡宗愈、韓宗道、梁燾、范純禮、蘇轍、朱光庭等人，以爲可以各隨器能，隨時任使。司馬光並建議應諮詢文彥博、呂公著、馮京、孫固、韓維等元老，要求他們各舉所知，以便參考。〔註41〕以上所有名單上人物，絕大部分都是仁宗、英宗朝的大臣，都是在熙、豐年間被排擠退出中樞的舊臣。這些人從優點方面看，大致是穩重保守，品德上比較沒有瑕疵，思想上尊重儒家傳統；但是從缺點上看，是守成有餘，進取不足，而且過於保守則對時代的變遷感受性不足，應變的能力也就較爲缺乏。

在此同時，蔡確還在擔任左僕射，韓縝是右僕射，張璪任中書侍郎，李清臣爲尚書左丞，章惇爲知樞密院事，執政大權還掌握在新黨人的手中。舊黨諸人視之爲眼中釘，力加攻擊，於是蔡確先罷政，出知陳州，旋改亳州。司馬光正好接替所遺下的相位，仍兼門下侍郎。接著章惇罷官，以正議大夫知汝州。呂惠卿先降爲光祿卿，續降爲建寧軍節度副使，建州安置。張璪也被罷斥，李定謫放滁州。新黨人物斥逐殆盡。〔註42〕

元祐二年（1087）二月，前宰相蔡確繼去年貶知陳州、亳州後，又因爲其弟蔡碩納賄，受牽連而謫守安州。朱彧《萍洲可談》卷一稱：

蔡持正自左揆謫知安州，嘗作安陸十詩，吳處厚捃摭箋注，

〔註41〕《資治通鑑長編紀事本末》卷九十五〈用舊臣〉（上），頁2921～2951。

〔註42〕見李燾《續資治通鑑長編》卷三八一，刊於《景印文淵閣四庫全書》第320冊，臺北：臺灣商務印書館，1983年3月，頁507～538。

> 蔡坐此貶新州。〔註43〕

蔡確這十首詩無論究竟有無怨恨訕謗意，吳處厚卻以己意加以曲解箋注。陳邦瞻《宋史紀事本末》卷四十四謂：

> 知漢陽軍吳處厚與確有隙，因解釋其語以爲訕謗，且論其用郝處俊上元間諫高宗欲傳位武后事，指斥東朝，上之中書。於是臺諫言確怨謗，乞正其罪。〔註44〕

舊黨對新黨的報復心理，在這次蔡確〈夏日登車蓋亭〉詩案中顯現無遺，報復的手段就是將詩裡偶然提及的古人古事，自行解釋成影射毀謗宣仁太后。於是臺諫順此上章彈劾，要求治其罪。元祐四年（1089）五月，遂再安置蔡確於新州（今廣東新興縣），貶謫至此，無疑欲置之死地。果然四年都不予以改郡，蔡確終於死於貶所。

這十首詩究竟有無訕謗？細查詩意應該不至於敢訕謗，只有隱隱然流露對政敵不滿之意而已。以下將〈夏日登車蓋亭〉詩其中的五首錄出：

> 紙屏石枕竹方床，手倦拋書午夢長；
> 睡覺莞然成獨笑，數聲漁笛在滄浪。
>
> 靜中自足勝炎蒸，入眼兼無俗物憎；
> 何處機心驚白鳥，誰人怒劍逐青蠅。
>
> 風搖熟果時聞落，雨滴餘花亦自香；
> 葉底出巢黃口鬧，波間逐隊小魚忙。
>
> 矯矯名臣郝甑山，忠言直節上元間；
> 古人不見清風在，嘆息思公俯碧灣。
>
> 喧豗六月浩無津，行見沙洲束兩濱；
> 如帶溪流何足道，沉沉滄海會揚塵。〔註45〕

〔註43〕《萍洲可談》卷一，刊於王雲五主編《四庫全書珍本別輯》，臺北：臺灣商務印書館，1975年，頁24。

〔註44〕陳邦瞻《宋史紀事本末》第一冊，臺北：里仁書局，1981年12月，頁429。

〔註45〕見《全宋詩》第十三冊，北京：北京大學出版社，1993年9月，頁9077。

吳處厚怎麼解釋呢？他說：「內五篇（即以上所引）皆涉譏訕，而二篇譏訕尤甚，上及君親，非所宜言，實大不恭。……『矯矯名臣郝甑山，……』，此一篇譏朝廷，情理切害，臣今箋釋之。……又最後一篇云：『喧豗六月浩無津，……』，言海會有揚塵時，人壽幾何？尤非佳語。……『矯矯名臣郝甑山，忠言直節上元間。』……確指武后以比太后。」〔註46〕吳處厚用這種手法奏上，宣仁太后因而大怒，才有蔡確新州之貶。

細觀上引五首詩，第一首全然是怡然自適心境的描寫。第二首勉強可以指出有「怨憎小人」之意處，即第二句所言「入眼兼無俗物憎」，勉強可以將「俗物」射爲「小人」；第三句「何處機心驚白鳥」，引用莊子「有機心則白鳥知驚」的故事，或許用以暗諷世人（蓋指舊黨）心機之重，但是實不可明揭；末句「誰人怒劍逐青蠅」，以詩經「青蠅」之指小人，喻亟欲逐卻小人之意，似乎可以算是譏刺之語。第三首詩其實也顯露出閒適之心情，只末句「波間逐隊小魚忙」，可以勉強傅會成嘲諷小人成群。第五首將「沉沉滄海會揚塵」傅會成「天下不寧」，或進一步引申成「滄海桑田，人不長久」（吳處厚所謂「人壽幾何」），解得極牽強，如此猜測，都是有意引導觀者宣仁太后心中的不快。

眞正引起臺諫群起而攻之的，就是吳處厚特別把第四首詩「矯矯名臣郝甑山，忠言直節上元間」二句，硬牽扯說：「確指武后以比太后」。這樣的傅會曲解，卻成爲臺諫把握的最有力武器，一意的攻擊蔡確訕謗宣仁太后。元祐四年五月，蔡確自己辯解說；

> 臣以滇溪舊有郝處俊釣臺，因嘆其忠直見于詩句。臣以滇溪譏謗君親，此一節中傷臣最深切，須至縷縷奏陳：……上元中，高宗令其子周王等分朋角勝爲樂，及欲傳位于武后，皆爲處俊論議所回，故臣詩因嘆其上元間有敢言之直氣。……且又其事絕不相類。……蓋先帝（神宗）託子于

〔註46〕楊仲良《資治通鑑長編紀事本末》第八冊卷一〇七〈蔡確詩謗〉，臺北：文海出版社，1967年11月，頁3344～3346。

聖母，同攬萬幾，即非唐高宗欲傳位之比也，臣僚輒敢妄引此事牽合以資其說。

他的解說已經極爲清楚，宋神宗把政事交託給自己的母親以輔助子孫，和唐高宗想交付皇位給武后，事情根本不相類。而且蔡確又說：

則是太皇太后聽政諸事，臣皆預焉，豈有身預其事而自爲議謗？其誣罔可見三也。〔註47〕

蔡確自己推贊太皇太后聽政，怎麼會自己批評自己呢？從以上分析，可以看出蔡確的詩並不像吳處厚所說的那麼狂悖才是，但是，舊黨諸人還有許多人執意要害他。右正言劉安世即不稍寬貸地說：「確罪狀著明，何待具析？此乃大臣曲爲之地耳！」於是臺諫故意激怒宣仁太后的陰謀終究得逞。次年，梁燾雖然想爲他緩頰，卻毫無作用。范純仁也爲如此不擇手段地誣陷人，還將蔡確貶至嶺南之地的作法擔憂，深怕將來舊黨也難免遭此厄運。〔註48〕

「車蓋亭詩案」不是單純獨立的事件，論遠因，就是「君子、小人不可並處」觀念的產物。〔註49〕論近因，就是舊黨份子報復心態的典型事件。此案影響之大，歷來都以爲是此後舊黨一失勢即不復振起的關鍵。蓋以詩文得罪，前有烏臺詩案，蘇軾還自己承認對朝政有所批評，神宗雖有所寬赦，貶謫已不算輕。有此前例，惡鬥又更加激烈，蔡確在當時的環境之下，那裏敢再妄爲抨擊，並且還訕謗太皇太后？細究詩意，事理又不相類。蔡確詩中即使有怨恨小人（舊黨）之意，恐怕也難以指明是何人，他的被禍，應該是整體情勢激化所造成的，

〔註47〕上條引文及本條見李燾《續資治通鑑長編》卷四二六〈元祐四年五月戊寅〉條，刊於《景印文淵閣四庫全書》第321冊，臺北：臺灣商務印書館，1983年3月，頁454。

〔註48〕陳邦瞻《宋史紀事本末》第一冊卷四十四〈宣仁之誣〉條記：「四年五月……執政議置確於法，范純仁、王存以爲不可，爭之未決。文彥博欲貶確嶺嶠，純仁聞之，謂呂大防曰：『此路乾興以來荊棘近七十年，吾輩開之，恐自不免。』大防乃不復言。」臺北：里仁書局，1981年12月，頁429～430。

〔註49〕見《北宋新舊黨爭與文學》，頁50。

新、舊二黨的水火不容就再也無轉圜的餘地了。

二、舊黨的內訌

元祐期間，舊黨在太皇太后高氏的支持下，一面傾軋新黨、廢除新法，另一方面卻進行著內部的爭權和分裂，逐漸分裂成三個派系，即「洛、蜀、朔」三派。邵伯溫《河南邵氏聞見前錄》說：

> 洛黨者以程正叔（頤）侍講爲領袖，朱光庭、賈易等爲羽翼；川黨者，以蘇子瞻（軾）爲領袖，呂陶等爲羽翼；朔黨者，以劉摯、梁燾、王巖叟、劉安世爲領袖，羽翼尤眾。諸黨相攻擊而已。〔註 50〕

所以會分成這三派，首先要找出互相爭鬥的原因。史書和載記都指向肇端於蘇軾與程頤「議禮不合」，蘇軾復加譏誚爲主因，如《邵氏聞見後錄》、《二程集・河南程氏外書》卷十一《時氏本拾遺》，以及《續資治通鑑長編》卷九三三〈元祐元年十二月壬寅〉條所記略同，今以《續資治通鑑長編》所記作代表，節錄於下：

> （呂陶）又言：明堂降赦，臣僚稱賀訖，兩省官欲往奠司馬光。是時，程頤言曰：「子於是日哭則不歌，豈可賀赦纔了，卻往弔喪？」坐客有難之曰：「孔子言『哭則不歌』，即不言『歌則不哭』，今已賀赦了，卻往弔喪，於禮無害」。蘇軾遂戲程頤云：「此乃枉死市叔孫通所制禮也」，眾皆大笑。結怨之端，蓋自此始，軾非無過也。〔註 51〕

以上是說爲了「子於是日哭則不歌」一句話，程頤可以死守著古訓不變，不但一般人覺得迂腐加以反駁，蘇軾還火上添油的譏誚一番，從此兩人結上了樑子。另外張端義《貴耳集》指出蘇軾想當主喪之人，被程頤佔了先，心生不滿，而出言相激。羅家祥《北宋黨爭研究》曾

〔註 50〕邵伯溫《河南邵氏聞見前錄》第二冊卷十三，北京：中華書局，1985 年，頁 98。

〔註 51〕李燾《續資治通鑑長編》卷三九三〈元祐元年十二月壬寅〉條，《景印文淵閣四庫全書》第 320 冊，臺北：臺灣商務印書館，1983 年 3 月，頁 710。

作多方面的推論，其看法是：（一）蘇軾開開玩笑，亦何至於導致一場巨大的矛盾衝突？（二）劉摯曾上疏批評程頤之迂闊、盜虛名，這是公開在公文書上的批評，何以不曾引起程、劉之爭？他認爲：以議禮不合而互憎恐不足相信。羅氏此見可供參考。另外，何滿子發表〈元祐蜀洛黨爭和蘇軾的反道學鬥爭〉認爲「道學與反道學」乃是蜀洛黨爭的思想根源。其實原因可能是多方的，雷飛龍在其〈北宋新舊黨爭與其學術政策之關係〉中考察後認爲：

> 其所以被朔、洛黨人攻擊，即因議役法與司馬光主張不同，又不滿於程伊川之道學所致。〔註52〕

除了這二項主因，蘇軾改不了那喜好譏諷、賣弄口鋒的習慣，以及在公開場合不給人面子的行事作風，恐怕也是程頤難以忍受的，因而造成二派的互相誤解。因爲就在「議禮」一事發生後同一個月，洛派的朱光庭就以蘇軾的策題攻擊之（見後文），其時間上的關聯性不容忽略。

羅家祥另又主張：「我以爲，洛、蜀黨爭產生的主要的原因來自於政治方面。」〔註53〕他指出高氏、司馬光集團正是利用臺諫的特殊作用，以達更化的目的。臺諫肆無忌憚攻訐之風，此時更惡性的發展，於是，洛派大臣都是藉著身任臺諫以壯大聲勢的，程頤正是依此派勢力進入朝廷。故洛、蜀黨爭的直接成因，則是蘇軾等人觸犯了司馬光、呂公著爲代表的舊黨正宗勢力。〔註54〕這是政治權力之爭一方面的原因。除了司馬光等臺諫傳統勢力與蜀派的衝突外，另外還可以找出一個遠因，即是各派出身地域的不同所造成的排擠效應，因爲洛、朔二黨都屬於「北人」，而蜀黨在地域上與北人是有所區隔的，蜀人在宋初一直受「北人」的提防，有其歷史因素。

宋初爲徹底矯正前代藩鎮的弊害，採取絕對的中央集權制度，對

〔註52〕雷飛龍〈北宋新舊黨爭與其學術政策之關係〉，《政大學報》第11期，1965年5月，頁229。

〔註53〕羅家祥《北宋黨爭研究》，頁185。

〔註54〕同前注，頁186。

四川一地也是將財貨收解汴京，將精兵調送中央，蜀人因而已有被征服的屈辱感。最先進入川地征服後蜀的王全斌又不知體恤蜀人、蜀兵，次年（即乾德三年 965），蜀人全師雄等叛變，聚眾十餘萬人，王全斌懼成都城中內應，竟誘殺二萬多名蜀兵，手段極為殘忍。〔註 55〕宋太祖得知兵變，乃再派大軍血腥鎮壓，費時一年才平定。真宗咸平三年（1000），又有王均復率眾叛變之事，開國至此時，三十六年動盪不安。又三十餘年，仁宗景祐三年（1036）蘇軾出生，他自然熟悉蜀地的歷史。蜀人自古因地理環境關係，較具有獨立於中原之外的意識，對約束和權威有著衝破的動能。如蘇軾對新法的不便之處，勇於抗拒；對司馬光的恢復差役，他為民請命；對司馬光盡廢新法也有異議，以為新法也有它合時宜的優點，據理力爭，不惜獲罪，這就是蘇軾那種衝決的個性。另外，司馬光的施政風格，和蘇軾抗爭個性的衝突，也是造成蜀、洛分裂的部分原因。司馬光為人清廉自持，極端自信，但執拗拒諫有如王安石，即使新法已有成效者，他也一概否定，蘇軾甚至回到家中還口中頻呼「司馬牛」不止。〔註 56〕因此，蘇軾與司馬光議役法不合、反道學、好譏誚的個性、政治勢力的排擠效應和出身地域的差異，種種因素，造就了他與洛派集團不能相容的態勢。

我們看幾個例子，就可以知道舊黨洛、朔二派對蜀人的嫉害和防範之心。如元祐六年八月，侍御史賈易對蘇氏兄弟及其黨人猛烈攻擊，甚至宣稱：

> 原軾、轍之心，必欲兄弟專國，盡納蜀人分據要路，復聚群小俾害忠良，不亦懷險詖、覆邦家之漸乎？〔註 57〕

〔註 55〕事見《宋史・王全斌傳》第 11 冊卷二五五，臺北：鼎文書局，1980 年 1 月，頁 8922。

〔註 56〕蔡絛《鐵圍山叢談》卷四：「東坡公元祐時既登禁林，以高才狎侮諸公，率有標目，殆遍也。獨於司馬溫公不敢有所重輕。一日，相與共論免役差役利害，偶不合同。及歸舍，方卸巾弛帶，乃連呼曰：『司馬牛！司馬牛！』」，《景印文淵閣四庫全書》第 1037 冊，臺北：臺灣商務印書館，1983 年 3 月，頁 591。

〔註 57〕李燾《續資治通鑑長編》卷四六三〈元祐六年八月己丑〉條，《景印

同月，賈易罷侍御史，高氏欲用宇文昌齡遞補，而呂大防、劉摯同上札子說：

> （劉）昌齡清修誠實，可副聖擇，然是川人，與蘇轍同鄉里，連姻親。……若忽以昌齡補臺端，必又紛紛，上煩聖聽。〔註 58〕

於是宇文昌齡補侍御史事作罷。洛、朔二派黨人對蜀人的防範及排擠，上舉的事例甚爲明顯。因爲司馬光在元祐初擔任宰相時，所援引入中央的大臣多爲洛黨，朔黨因爲形勢與地域的關係，多依附洛黨，所以元祐時期的蜀黨是較爲孤立的，也是經常被攻擊的對象。元祐時期蜀黨最先被攻擊的事件，就是「蘇軾策題招謗」案。

三、蘇軾策題招謗事件

蘇軾在元祐元年（1086）十二月及元祐二年十二月，前後各撰了一道策題，試題有評議歷代政治得失的地方，洛黨之人藉此機會抨擊一番。元祐元年十二月，時任翰林學士的蘇軾，首次主持進士候選館職的考試，所撰策題〈師仁祖之忠厚，法神考之勵精〉，立即引起朱光庭的攻擊：

> 學士院試館職策題云：「欲師仁宗之忠厚，而患百官有司不舉其職，或至於媮；欲法神考之勵精，而恐監司守令不識其意，流入於刻。」又稱：「漢文寬大長者，不聞有怠廢不舉之病；宣帝總核名實，不聞有督察過甚之失。」臣以爲仁宗之深仁厚德，如天之爲大，漢文不足以過也；神考之雄才大略，如神之不測，宣帝不足以過也。……今來學士院考試不識大體，……反以媮刻爲議論，……伏望聖慈察臣之言，特奮睿斷，正考試官之罪，以戒人臣之不忠者。

文淵閣四庫全書》第 322 冊，臺北：臺灣商務印書館，1983 年 3 月，頁 56。

〔註 58〕《續資治通鑑長編》卷四六四〈元祐六年八月癸卯〉條，《景印文淵閣四庫全書》第 322 冊，臺北：臺灣商務印書館，1983 年 3 月，頁 73。

策題，蘇軾文也。〔註 59〕

朱光庭是程門弟子，這時擔任左司諫，正是他發揮言官功能，爲老師報一箭之仇的好機會。藉此故意曲解蘇軾題意，說他批評仁宗養成偷薄之風，批評神宗造就刻薄之政，強加訕謗之名於蘇軾身上。未幾，朝廷下詔放罪蘇軾。蘇軾對朱光庭的彈奏上書自辯說：

臣切聞諫官言臣近所撰試館職人策問，有涉諷議先朝之語。臣退伏思：臣之所謂媮與刻者，專指今之百官有司及監司守令不能奉行，恐致有此病，於二帝何與焉？至前論周公、太公，後論文帝、宣帝，皆是爲文引證之常，亦無比擬二帝之意。〔註 60〕

蘇軾自辯甚明，太皇太后乃下詔「追回放罪指揮」。當時御史中丞傅堯俞、侍御史王巖叟恐朝廷會怪罪朱光庭，接著上疏評蘇軾不應當置祖宗於議論之間。〔註 61〕傅、王二人本來不是洛黨之人，然而與程頤卻極親善。〔註 62〕故三人都一直想要找機會排擠蘇軾，並不是偶然見到試題有毛病，針對試題主旨而發，而是借題發揮，以報復蘇軾對司馬光、程頤的不遜，這些行爲已經嗅得出洛黨黨同伐異的味道。

除了蘇軾自行答辯，殿中侍御史呂陶（蜀人）首先爲蘇軾抱屈，說道：

今蘇軾所撰策題，蓋設此問以觀其答，非謂仁宗不如漢文、神考不如漢宣也。朱光庭指以爲非，亦太甚矣。……今士

〔註 59〕《資治通鑑長編紀事本末》卷一〇三第五冊〈台諫言蘇軾〉，臺北：文海出版社，1967 年 11 月，頁 3191～3192。又見《續資治通鑑長編》卷三九三〈元祐元年十二月壬寅〉條，頁 709。

〔註 60〕《資治通鑑長編紀事本末》卷一〇三第五冊〈台諫言蘇軾〉及〈辯試館職策問札子〉，頁 3290。

〔註 61〕《續資治通鑑長編》卷三九三〈元祐元年十二月壬寅〉條，記傅、王居心：「因欲於未逐前早救之，乃各上疏論軾不當置祖宗於議論之間。」頁 709。

〔註 62〕《續資治通鑑長編》12 冊卷四〇四〈元祐二年八月辛巳〉條，記「自蘇軾以策題事爲台諫所言，而言者多與程頤善。」臺北：世界書局，1976 年 6 月，頁 4157。

大夫皆曰：「程頤與朱光庭有親，而蘇軾嘗戲薄程頤，所以光庭爲程頤報怨，而屢攻蘇軾。」審如所聞，則光庭固已失之。〔註63〕

他不但認爲蘇軾並不是有心議論先朝皇帝，甚至明白指出朱光庭是「爲程頤報怨」，而呂陶自己表明「非獨爲一蘇軾，蓋爲朝廷救朋黨之弊」，從兩方的言辯看得出各自結黨的態勢已經形成。所以《宋史》卷三四四〈王覿傳〉就指出洛、蜀二黨之說起於此時。〔註64〕王覿並認爲朋黨相爭必須消弭，建議「陛下若置而不問，惟詳察策題之是非，而有罪無罪專論蘇軾，即黨名不起矣。」〔註65〕於是詔再下曰：「傅堯俞、王巖叟、朱光庭以蘇軾撰試策題不當，累有章疏。今看詳得非是譏諷祖宗，只是論百官有司奉行有過，令執政召諸人面諭，更不需彈奏。」〔註66〕細察詔令旨意，應該都是太皇太后在後面保護蘇軾，藉著王覿的章疏順勢不欲論罪。五日後，蘇軾又自辯解，傅、王等人又加以抨擊，朝廷不得已又再下詔止謗，方才平息，而洛派人士暗中正蠢蠢欲動。

元祐二年（1087）十二月，蘇軾的另一道試館職策問〈兩漢之政治〉，又惹起了議論。是月壬寅，監察御史楊康國奏：

臣昨於朝堂見百官聚首，共議學士院撰到召試廖正一館職策題，問王莽、曹操所以攘奪天下難易，莫不驚駭相視。撰策題者，蘇軾也。〔註67〕

數日後乙巳，監察御史趙挺之復奏：

〔註63〕《續資治通鑑長編》卷三九三〈元祐元年十二月壬寅〉條，《景印文淵閣四庫全書》第320冊，頁709～710。

〔註64〕《宋史》卷三四四列傳一百三第13冊〈王覿傳〉稱：「覿在言路，欲深破朋黨之說，朱光庭訐蘇軾試館職策問，呂陶辯其不然，遂啓洛、蜀二黨之說。」臺北：鼎文書局，1980年1月，頁10943。

〔註65〕《續資治通鑑長編》卷三九四〈元祐二年正月壬戌〉條，《景印文淵閣四庫全書》第321冊，頁4。

〔註66〕《續資治通鑑長編》卷三九四〈元祐二年正月乙丑〉條，《景印文淵閣四庫全書》第321冊，頁6。

〔註67〕《資治通鑑長編紀事本末》第五冊卷一〇三〈台諫言蘇軾〉條，臺北：文海出版社，1967年11月，頁3199。

> 按軾學術本出《戰國策》蘇秦、張儀縱橫揣摩之說，近日學士院策試廖正一館職，乃以王莽、袁紹、董卓、曹操篡漢之術爲問。……公然欺罔二聖之聰明而無所畏憚，考其設心，罪不可赦。軾設心不忠不正，辜負聖恩，使得志，將無所不爲矣。〔註68〕

次年正月，侍御史王覿又進言：

> 軾習爲輕浮，貪好權利，不通先王性命道德之意，專慕戰國縱橫捭闔之術。……朝廷或未欲深罪軾，即宜且與一郡，稍爲輕浮躁競之戒。〔註69〕

元祐三年（1088），蘇軾正任翰林學士、知制誥、兼侍讀，權知禮部貢舉。以這樣的權位，言官竟然想用其言論的特權，要黜落他一切的官職，給他一個地方官做做，實在未免欺人太甚。原來這些言官都是與程頤相善的，他們一意要鬥垮蜀派的野心，在此展現無遺。三月辛未，蘇軾自辯說：

> 只從參議役法及蒙擢爲學士後，便爲朱光庭、王巖叟、賈易、韓川、趙挺之等攻擊不已，以致羅織語言，巧加醞釀，謂之誹謗。……蓋緣臣賦性剛拙，議論不隨，而寵祿過分，地勢親迫，故致紛紜，亦理之當然也。〔註70〕

蘇軾指出他在元祐初年和司馬光討論役法不合，於是就一直受到洛派諸人的攻訐，現在居於高位，受太皇太后過分的寵信，所以招來更大的誹謗。他接二連三的上了〈乞郡札子〉，並言：「臣若不早去，必致傾危。」元祐四年三月十六日，朝廷終於批准他以龍圖閣學士的身份，出爲浙西路兵馬鈐轄兼杭州知州。此後蜀派就逐漸地退出了主流，而洛、朔黨的主導政局，也象徵著更嚴厲的區隔黨派運動正在進行著。

〔註68〕《續資治通鑑長編》卷四〇七〈元祐二年十二月丙午〉條，《景印文淵閣四庫全書》第321冊，頁207。

〔註69〕《續資治通鑑長編》卷四〇八〈元祐三年正月丁卯〉條，《景印文淵閣四庫全書》第321冊，頁212～213。

〔註70〕《資治通鑑長編紀事本末》第五冊卷一〇三〈台諫言蘇軾〉條，頁3199～3200。

第三節　紹聖變革與同文館獄

太皇太后高氏聽政九年之後，在元祐八年（1093）去世，哲宗親政。哲宗在年幼時即對舊黨人士不滿，舊黨大臣因高氏而得勢，因而凡事倚賴高氏，公事但面奏取決於高氏，敬事於高氏，根本不把小皇帝看在眼中，政事也從來不徵詢年幼的哲宗，這是哲宗不滿的原因之一。其次，幼帝的師傅都是老臣，思想上保守，年輕有進取心的皇帝不但得不到引導，反而常常被老師們教訓、約束，使哲宗根本不喜歡舊黨師傅的那一套。而且高氏一切自專，不讓哲宗作任何決定，哲宗在內心裡早就想要擺脫這幫人，如今祖母去世，哲宗可以放手一搏了。

一、紹聖紹述與新黨的報復

親政之始，宋哲宗一心要恢復父親輝煌的事業，召回新黨老臣李清臣，遷升爲中書侍郎；再任命鄧伯溫爲尚書左丞，開始逐步復行新政。元祐九年（1094）二月，在科考時明揭「紹述」之意，就是要繼承演述前朝的功業，命李清臣撰進士策題，策題評議元祐更化之效不彰，希望參與科考的考生「陳之無隱」。結果，錄取了畢漸等共六百人，因爲他們在策論中專主熙、豐之政。元祐九年四月，改年號爲紹聖元年，並在御令中要求「布告多方，咸體朕意」。從四月開始陸續恢復新法，以下依時序列述之：

紹聖元年（1094）

> 四月，復行免役法，廢元祐堂除之制。左司諫翟思言：「望詔有司依祖宗以來中書差除，立爲定法，餘歸銓曹，用元豐中選格注授，庶幾人無覬望。詔送給事中中書舍人看詳。」〔註71〕
>
> 閏四月，罷元祐司馬光創置的十科舉士法，復元豐一年四試的太學補外舍法；依元豐官制，釐正元祐以來寖已變亂者。

〔註71〕《資治通鑑長編紀事本末》第四冊卷一百〈紹述〉，臺北：文海出版社，1967年11月，頁3097。

七月，令刑部大理寺依元豐選試推恩法立條。

九月，罷制科。府界諸路置廣惠倉，由戶部按元豐敕令立法。

紹聖二年（1095）

三月，復神宗以文散官定爲寄祿法。

七月，復青苗法。

紹聖三年（1096）

七月，復保馬法。

紹聖四年（1097）

二月，援神宗時例，罷元祐所置春秋科。

十二月，復市易法。〔註72〕

除了制度上再行恢復熙、豐新政，在用人上也開始更置：元祐八年底，召回章惇，次年四月，任尚書左僕射兼門下侍郎。元祐九年三月，召曾布任翰林學士，任蔡京爲戶部尚書。四月，以張商英爲右正言，呂惠卿召知蘇州，蔡卞充國史院修撰兼知院事。這幾位都是熙、豐新政的執行者。很明顯的，新黨人士再度取得了政權的主導地位，從此開始了另外一個階段的傾軋運動。

哲宗應章惇等所請，採取兩項打擊舊黨的措施：其一是類編元祐臣僚章疏，其二是成立看詳訴理所。所謂「類編元祐臣僚章疏」，即是將元豐八年（1085）四月之後所有攻擊新黨新法的章疏，加以排比、類編，以便據此論罪。所謂「管勾看詳訴理所」，是將熙豐時期因反對變法而爲神宗貶責，元祐時期被舊黨放罪的反變法派官員重新定罪。〔註73〕羅家祥《北宋黨爭研究》中又說：

> 如果說元祐舊黨羅織「車蓋亭詩案」導致了紹聖、元符間的瘋狂報復，那麼新黨發明的類編章疏的手段，大規模的殘酷打擊舊黨，則使兩派之爭徹底喪失了「調停」的任何

〔註72〕依《資治通鑑長編紀事本末》第四冊卷一百舉其綱目，文海本，頁3097～3011。

〔註73〕羅家祥的《北宋黨爭研究》，對如何懲治及哪些人被懲治？皆有詳細敘述，本文僅節錄要點，頁221至225。

可能性。〔註 74〕

這個運動不但針對著在世的舊黨中人，還罪及前人。如對已去世的司馬光、呂公著、王巖叟，追奪贈官美謚。〔註 75〕生者如劉摯，紹聖初，累貶黃州、蘄州，紹聖四年，貶死於新州（今廣東省新興縣）；劉安世初貶知南安軍，紹聖三年，續責授新州別駕英州安置；蘇軾先是罷知定州，以左朝奉郎責知英州軍州事，來到任所，又落左承議郎，責授建昌軍司馬，惠州安置；蘇轍罷門下侍郎，出知汝州軍州事；范純仁以觀文殿大學士出知潁昌府；范祖禹以龍圖閣學士出知陝州；秦觀被移送雷州；黃庭堅責授涪州別駕、黔州安置。〔註 76〕此外，不煩覼述，舊黨之人無一倖免，且考察諸舊黨被貶之地，不但地屬偏僻，還以嶺南爲多，分明欲置之死地，也未嘗不是爲蔡確出一口氣。

由紹聖到元符，整整七年有餘，哲宗絲毫沒有改變施政的方向，新黨也依舊執政。不過這個時期的新黨，並不像神宗時期新黨份子尙有理想，也不是蕭規曹隨，而是空持新法的名目，沒有實踐的決心，甚至於對新法只是一知半解，還有一些新近加入陣營的，也只是爲了獲得政治權力而選邊依靠。如此，哲宗的紹述並沒有實質上的意義，不再是政治的改革，反而成爲新黨打擊舊黨最有力的藉口。這個時期新黨乃比照舊黨所製造的「車蓋亭詩案」，另外興起了一個文禍，即「同文館獄」，以傾軋舊黨。

二、同文館獄

「同文館獄」，是蔡渭想要爲其父平反，對從前舊黨劉摯、王巖

〔註 74〕同前注頁 223。

〔註 75〕《資治通鑑長編紀事本末》第五冊卷一〇一〈逐元祐黨人七月丁巳〉（上）記載：「詔司馬光、呂公著各追所贈官并謚告，及所賜神道碑額，仍下陝州、鄭州各差官計會本縣於逐官墳所，拆去官修碑樓，磨毀奉敕所撰碑文。」臺北：文海出版社，1967 年 11 月，頁 3135。

〔註 76〕事見《資治通鑑長編紀事本末》第七冊卷一〇二〈逐元祐黨人九月庚戌〉條（下），文海本，頁 3179。

叟（紹聖元年已卒）、梁燾等人的迫害蔡確，做一個徹徹底底的報復。也是章惇、蔡卞等新黨份子，對舊黨欲趕盡殺絕的又一種手段。

元祐中，文及甫（文彥博之子）寄邢恕書，謂：「畢禫求外，入朝之計未可必，聞已逆爲機穽，以榛梗其塗。」又謂：「司馬昭之心，路人所知，又濟之以粉昆，朋類錯立，欲以眇躬爲甘心快意之地。」〔註 77〕文及甫曾經爲蔡碩釋其義：「司馬昭，指劉摯；粉昆，指韓忠彥；眇躬，及甫自謂。」〔註 78〕書信的主旨是當時文及甫丁母憂，懼喪除之後（即畢禫）不能入朝，所以致書邢恕，抒發憂憤。紹聖四年（1097），章惇、蔡卞已得政，欲治元祐諸人，故引邢恕爲御史中丞。「恕既處風憲，遂誣宣仁后有廢立哲宗謀。」「又教蔡懋（《長編》卷四九〇〈紹聖四年八月丁酉〉條作「蔡渭」）上文及甫私牘爲訣詞，歷詆梁燾、劉摯。」同文館之獄就是由文及甫這封書信作導火線，預謀的是邢恕，引火的是蔡渭。元祐四年八月，奉承郎少府監主簿蔡渭奏道：

> 臣叔父碩曩於邢恕處見文及甫元祐中所寄恕書，具述奸臣大逆不道之謀，及甫乃文彥博愛子，必知當時奸狀。〔註 79〕

哲宗見奏，乃命翰林學士承旨蔡京、權吏部侍郎安惇，下文及甫於同文館獄。文及甫在獄中卻改變供詞說：「以（司馬）昭比（劉）摯，將謀廢立，眇躬乃以指上（哲宗），而粉昆指王巖叟、梁燾。巖叟面如傅粉，燾字況之，以況爲兄也。」又言：「父彥博臨終，屏左右，獨告以摯等將謀廢立，故亟欲罷平章事。」〔註 80〕文及甫這些供詞並無其他佐證，所敘述其父親當面之語也死無對證，而劉摯、梁燾又遠謫嶺南，一時無法對質，是年十一月梁燾卒於貶所化州，十二月劉摯接著卒於新州，此案難以深究。新黨對於其家屬還是不放過，「（蔡）

〔註 77〕李燾《續資治通鑑長編》卷四九〇〈紹聖四年八月丁酉〉條，《景印文淵閣四庫全書》第 322 冊，頁 414。

〔註 78〕同前注。

〔註 79〕前所引之文，皆同注 77。

〔註 80〕同前注。

京等奏上，不及考驗，乃下詔禁錮摯、燾子孫於嶺南，勒停王巖叟、朱光庭諸子官職。」〔註 81〕以這種禁錮舊黨子孫的做法作爲報復，可以稍微發洩心頭之恨，「同文館之獄」也就草草收場。

總結紹聖變革的特色：第一，只爲恢復新法，不知改正缺失，只重形式，不重內容。第二，斥逐舊黨，以報復爲主，欲其徹底滅絕，波及死者及子孫，並令其子孫不得參政，種下人才湮沒之禍患。〔註 82〕由此看來，北宋國勢的日衰，未嘗不是受禁錮之害。第三，追奪舊黨死者官爵及前所賜恩澤的作法，使人才不敢上進。第四，上從哲宗，下至新黨諸臣，並非爲了振衰起弊而行紹述，不過爲肆行報復而已。

第四節　崇寧黨禁與元祐學術之禁

紹述的過程，從紹聖一直延續到元符，前後總共約八年，新黨牢牢地掌握政權，舊黨份子則是九死一生，零落略盡。唯哲宗享年不永，親政八年而崩，由其弟徽宗趙佶繼位，即位之初，向太后一同聽政，太后鑒於二黨爭鬥太甚，政局動盪不安，遂有調和之意。下詔：

> 朕於爲政取人，無彼時此時之間。斟酌可否，舉措損益，惟時之宜；旌別忠邪，用舍進退，惟義所在。使政事不失其當，人材各得其所，則能事畢矣。無偏無黨，正直是與。〔註 83〕

因此年號定爲「建中靖國」，即取其中庸而使國家安定之意。用韓琦

〔註 81〕陳邦瞻《宋史紀事本末》第一冊卷四十四〈宣仁之誣〉，臺北：里仁書局，1981 年 12 月，頁 434。

〔註 82〕《資治通鑑長編紀事本末》第五冊卷一〇二〈逐元祐黨人〉（下）記紹聖四年正月，宋廷下詔曰：「應紹聖二年十二月十五類定姓名責降人，宮觀、居住及勒停、安置、分司、散官、子、孫、弟、姪，各不得住本州：鄰州內子孫，仍並與次遠路分合入差遣：已授未赴並見在任人並罷。」臺北：文海出版社，1967 年 11 月，頁 3155。

〔註 83〕《續資治通鑑長編・拾補》第十五冊卷十六〈元符三年十月己未〉條，臺北：世界書局，1974 年 6 月，頁 5298。

子韓忠彥爲門下侍郎，未久，即拜尚書右僕射兼中書侍郎，並任陳瓘等忠鯁之士爲諫官，朝政似乎一時有轉機。陳瓘首先上書論國是，徽宗命取「類編臣僚章疏」進宮，一時焚毀，並決定敘復元祐臣僚。范純仁、劉奉世、呂希純、吳安詩、韓川等並任分司；呂希哲、希績兄弟、呂陶等，並給宮觀；蘇軾徙廉州，蘇轍徙岳州，劉安世徙衡州，王古、楊畏、晁補之、張耒等並與知州。黃庭堅、賈易等，並與監當官的差遣；秦觀奉命放還；舊黨之人可謂喘了一口氣。可惜爲時不久，又遭受到更嚴厲的黨禁與學術之禁。

一、崇寧黨禁

垂簾聽政未幾，向太后崩，韓忠彥失去了靠山，忠彥是權貴子弟，政治鬥爭經驗不足。曾布歷經幾朝翻覆不定的局勢，卻能屹立不搖，自然有他政治上靈巧的手段，開始乘機奪權，朝廷中的言官一一被罷黜，舊黨人士又一一地被排擠出去。章惇鬥不過曾布，長久以來的姦邪作爲，被全盤舉發攻伐，遂貶雷州。

建中靖國年號才一年，次年就改年號爲崇寧，意思是崇奉熙寧之政，因而舊黨的命運即可想而知。崇寧元年四月，蔡京應召入對，次月，有臣僚進言：

> 神考在位十有九年，所作法度，皆本先王，元祐黨臣秉政，紊亂殆盡。朋姦罔上，更相迭和，……皆神考之罪人也。紹聖追復，雖已竄逐，陛下即位，仁德涵養，使之自新，黨類實繁，所在連結。……今皆坐享榮名顯職，厚祿大郡，以至分居要路，疑若昔未嘗有罪者，非所以正名也。……使有司條析區別行遣，使各當其罪，數日可畢。庶幾得罪名者，無所致怨，不憂後禍，觀望者消於冥冥之中，天下忠臣良士，各得自盡以悉心於上，不疑復有害之者，以顯神考盛德大業，以成陛下繼志述事之孝，而天下可以無爲而治矣！〔註 84〕

〔註 84〕《資治通鑑長編紀事本末》第五冊卷一二一〈禁元祐黨人〉（上），臺北：文海出版社，1967 年 11 月，頁 3639～3640。

根據這個建議，徽宗立即貶謫了安燾、王覿、李清臣等人。接著又有臣僚上言，要求對向氏垂簾聽政時元祐大臣乘間用事者「削奪官職」。〔註 85〕宋廷再次作出回應，追貶司馬光等人的官爵、賞賜；蘇轍、范純禮、劉奉世、范純粹、劉安世等人，更在痛懲之列。除了身亡致仕老疾者外，全部勒停，永不收敘。負責此事的，就是蔡京、強淵明、強浚明等三人，蔡京得勢的態勢已經極爲明顯。爲了防範元符末至建中靖國期間舊黨一時回歸的現象，爲了權力的鞏固，蔡京與其黨羽必須把舊黨趕盡殺絕，故而報復的手段尤爲嚴酷。最當一提的即由朝廷建立的「元祐黨人碑」和「元祐黨籍碑」，不但對個人人身名譽大加打擊，甚至對其人的學術著作也一并禁絕。

崇寧元年（1102）九月，御批付中書省「應係元祐責籍，并元符末敘復過當之人，各具原籍定姓名、人數進入。仍常切契勘，不得與在京官差遣。」〔註 86〕後文列有「文臣曾任宰執官」二十二人，「曾任待制以上官」三十五人，「餘官」四十八人，「內臣」四十八人，「武臣」四人，共計一百一十七名（與《宋史》所記人數稍異）。有石豫者首先建議立碑，〔註 87〕隨即由皇帝御書刻石於端禮門，目的在告誡朝臣以元祐黨人爲戒，這是「元祐黨人碑」第一次立石。

崇寧二年（1103）九月，蔡京進一步在全國各路建立黨人碑，《長編紀事本末》記此事曰：

> 辛丑，臣寮上言：近出使府界，陳州士人有以端禮門石刻「元祐姦黨」姓名問臣者。其姓名朝廷雖嘗行下，至於御筆刻石，則未盡知也。陛下孚明賞罰，姦臣異黨無問存沒，皆第其罪惡，親灑宸翰，紀名刻石，以爲天下臣子不忠之戒。……欲乞特降睿旨，具列姦黨，以御書刻石端禮門，

〔註 85〕同前注頁 3642。

〔註 86〕《續資治通鑑長編・拾補》第十五冊卷二十〈崇寧元年九月己亥〉條。臺北：世界書局，1974 年 6 月，頁 5335。

〔註 87〕《揮麈後錄》卷七謂：「元祐人立黨籍碑，皆其疏也。」刊於《揮麈錄》第二冊卷七，北京：中華書局，1985 年，頁 535。

姓名下外路州，於監司長吏廳立石刊記，以示萬世。〔註 88〕

朝廷又採納這個建議，在諸路州軍紛紛建立了「元祐姦黨碑」。與去年內容有所不同的，爲人數降爲九十八人，刪去了「呂仲甫」以下的「餘官」九人，「內臣」八人以及「武臣」四人。次月，復規定，凡在元祐黨籍者，均不得差遣。〔註 89〕

三年（1104）六月，重定元祐黨籍，亦刻石朝堂，是爲「元祐黨籍碑」。朝廷詔曰：

元符末姦黨，並通入元祐籍，更不分三等；應係籍姦黨已責降人並各依舊，除今來入籍人數外，餘並出籍，……今後臣僚更不得彈劾奏陳。〔註 90〕

以上所重新籍定的元祐、元符黨人以及元符中上書被列入「邪等」者，共有三百零九人。包括「文臣曾任宰臣、執政官」司馬光等二十七人；「曾任待制以上官」蘇軾等四十九人；「餘官」秦觀、黃庭堅等一百七十七人；「武臣」二十五人；「內臣」二十九人；「爲臣不忠，曾任宰臣」王珪、章惇二人。由徽宗書石，置於文德殿門東壁；頒行於天下者，則由蔡京書丹。〔註 91〕第三次黨人碑計有三百零九人，成員並非全是舊黨，還包括元符末年上書之人，以及新黨中不附會於蔡京的若干人（如曾布、張商英）。《梁谿漫志》卷三〈元祐黨人〉條記劉安世語道：「元祐黨人只是七十八人，後來附益者不是。」又說：「至崇寧間，（蔡）京悉舉不附益己者，籍爲元祐姦黨，至三百九人之多。於是邪正混殽，其非正人而元祐黨者，蓋十六七也。」〔註 92〕這時不

〔註 88〕《資治通鑑長編紀事本末》第五冊卷一二一〈禁元祐黨人〉（上），頁 3668。

〔註 89〕《資治通鑑長編紀事本末》第五冊卷一二一〈禁元祐黨人〉（上）記載：「應元祐係籍人並依寄祿官與請給，更不得差遣，現有差遣人並罷。」，頁 3671。

〔註 90〕《資治通鑑長編紀事本末》第五冊卷一二二〈禁元祐黨人〉（下），頁 3692。

〔註 91〕同前注頁 3701～3702。

〔註 92〕費袞《梁谿漫志》，臺北：廣文書局，1969 年 9 月，頁 88～89。

但新舊黨爭趨於極端，即新黨也自相傾軋，有如元祐時期舊黨的分裂。

第二、三次所立的黨人碑行之於全國，崇寧五年（1106）正月，因爲星變，中書侍郎劉逵乘機建議除毀朝堂及全國各地的「元祐姦黨碑」。雖說如此，對舊黨的傾軋並沒有鬆懈下來，不但人親子弟不得入京差遣，即使在外郡軍州各路之人親子弟亦不得差遣（即不可以擔任任何實際職務）。此外亦不可以擅自入京，則連經由科舉上進的路也都斷絕了。此外還限制居住，黨人的親人子弟常常被限制在某幾路或某幾州，不得出境，或不得與罪人同居一州，種種不合乎人道的做法，能想到的全做到。就在此時，北方兵強馬壯的金朝步步進逼，徽宗君臣卻醉生夢死，朝政糜爛至極，即使欽宗即位，想要扭轉局勢，國家可用的人才早已出現了斷層，盱衡全局，北宋的滅亡不過是早晚的問題罷了。

二、元祐學術之禁

除了迫害人身及阻絕政治上的出路，蔡京等還想將舊黨人士的學術也毀掉，這已遠遠超出前此的利用文字之獄以羅致罪狀，更趕盡殺絕地欲使舊黨諸人的「名與身俱滅」，使其人的一生心血、道德學術，盡付之水火，可謂惡毒之極。朝廷的作法是：

> 崇寧元年十二月丁丑，詔：「諸説詖行非先聖之書，並元祐學術政事，不得教授學生，犯者屏出。」〔註93〕

又：

> 崇寧二年四月丁巳，詔：「焚毀蘇軾《東坡集》并《後集》印板。」詔：「三蘇集及蘇門學士黃庭堅、張耒、晁補之、秦觀，及馬涓文集，范祖禹《唐鑑》，范鎮《東齋記事》，劉攽《詩話》，僧文瑩《湘山野錄》等印板。悉行焚毀。」〔註94〕

〔註93〕《續資治通鑑長編·拾補》第十五冊卷二十〈崇寧元年十二月丁丑〉條，頁5339。

〔註94〕此二詔，分見《續資治通鑑長編·拾補》卷二十一〈崇寧二年四月

又：

> 崇寧二年十一月，「詔：以元祐學術政事聚徒傳授者，委監司舉察，必罰無赦」〔註 95〕

既禁絕在公堂上教授舊黨的學術言論，連帶的也禁燬其相關的學術著作，現在將所禁的學術著作列述於下：

◎蘇洵《嘉祐集》

蘇洵卒於治平三年（1066），王安石還未執政，蘇洵的著作怎麼會觸犯新政？可見得和其子蘇軾的得罪有一定的關聯。或以爲蘇洵《嘉祐集》中有一篇〈辨姦論〉是引起新黨攻擊的標的，然蔡上翔《王荊公年譜考略》考證以爲〈辨姦論〉是南宋人所僞撰。蕭慶偉以爲蔡氏的說法是有道理的，「因爲在南宋、尤其是高宗和孝宗兩朝，其意識形態是反對王安石變法的，所以，〈辨姦論〉極有可能爲此間士人託名所撰。」〔註 96〕他又舉出《曲洧舊聞》卷二記邵雍聞越鳥聲而知二十年後王安石爲相事，「皆後人託名以攻王安石」。所以《嘉祐集》被禁，當爲其子牽連所致。

◎蘇軾《東坡集》

蘇轍〈亡兄子瞻端明墓誌銘〉稱蘇軾的著作：「有《東坡集》四十卷、《後集》二十卷、《奏議》十五卷、《內制》十卷、《外制》三卷。」〔註 97〕紹聖四年（1097），李之儀在原州通判任上，曾作〈讀東坡詩〉有句道：「空慚南郡三家學，賴有東坡一集詩」，則當時已有《東坡集》行世。後來，李氏曾憶及在原州任上還賡吟東坡詩。〔註 98〕如此，則

丁巳、乙亥〉兩條，頁 5344。

〔註 95〕畢沅《續資治通鑑》第四冊卷八十八〈崇寧二年十一月庚辰〉條，臺北：世界書局，1974 年 1 月，頁 2261。

〔註 96〕見蕭慶偉《北宋新舊黨爭與文學》第二章，北京：中華書局，2001 年 6 月，頁 71。

〔註 97〕蘇轍〈亡兄子瞻端明墓誌銘〉見《蘇轍集．欒城後集》卷第二十二，臺北：河洛圖書出版社，1975 年 10 月，頁 225。

〔註 98〕李之儀〈觀東坡集〉詩有「今朝又讀東坡集，記得原州鞠獄時」句，可以爲明證。《姑溪居士集》卷五，《四庫全書珍本》，臺北：臺灣商

崇寧二年（1103）四月詔所毀蘇軾《東坡集》並《後集》，疑即李之儀所見本。

◎蘇轍《欒城集》五十卷

據〈欒城後集引〉與〈欒城第三集引〉提及《欒城集》五十卷編於元祐六年（1091），而《欒城後集》與《欒城三集》皆成於崇寧二年（1103）禁書之後，而《應詔集》編定時間不明，故崇寧所禁當爲《欒城集》五十卷。

◎秦觀《淮海閑居集》

所禁的應該是元豐七年（1084），秦觀親自編著的《淮海閑居集》。別有蜀刻《淮海先生文集》，刻於寧宗朝；另有宋孝宗乾道時高郵軍學本的《淮海集》。後二者出版已經在南宋時期。

◎張耒《張耒集》

此本應是指《柯山》、《鴻軒》二集。汪藻謂《柯山》乃紹聖四年（1097）張文潛謫監黃州酒稅後作，《鴻軒》乃元符二年（1099）謫監復州酒稅後作。二集在崇寧之前已經行世，崇寧所禁當爲此。

◎晁補之《雞肋集》

由其〈自序〉知成於元祐九年（即紹聖元年 1094），集名乃晁補之自定，但序中不題有多少卷帙，當時大概還不是定本。該集後有其弟晁謙之紹興七年十一月題跋，跋中有言：「從兄無咎平日著述甚富，元祐末在館閣時，嘗自製其序，宣和以前，世莫敢傳。」〔註 99〕崇寧所禁即可能爲其未定本的《雞肋集》。

◎馬涓《馬涓集》

馬涓，元祐六年（1091）登進士第。崇寧二年（1103）正月，以馬涓嘗爲元符末言官，除名勒停，編管澧州。三年入元祐黨籍，《馬

務印書館，1980 年，頁 8。

〔註 99〕晁補之《雞肋集》卷五十，《四部叢刊正編》第五十冊，臺北：臺灣商務印書館，1979 年 11 月，頁 572。

涓集》今佚，此集所以被禁，當與馬氏或爲元符末上疏人有關。

◎范祖禹《唐鑒》

范祖禹與司馬光一同編修《資治通鑑》，《唐鑒》被禁當與其論新法不便，並與司馬光立場相近有關。

◎范鎮《東齋記事》

范鎮初次致仕在熙寧六年（1073），時六十三歲。元祐初，再度出仕。退居時期，以著述自娛，《東齋記事》自序說：「既謝事，日於所居之東齋燕坐多暇，追憶館閣中及在侍從時交游語言，與夫里俗傳說，因纂集之，目爲《東齋記事》。」〔註 100〕這是他成書的經過，時間就在再度出仕之前。此書所以被禁，《郡齋讀書志》卷十三講得很明白：「崇（寧）、（大）觀間，以其及國朝故事，禁之。」〔註 101〕《四庫全書總目提要》卷一四〇言之更詳：「特以所記諸事，皆與熙寧新法隱然相反，殆有寓意於其間，故鎮入黨籍（案黨籍未列其名）。而是書亦與蘇、黃文字同時禁絕，惡其異議耳，非眞得罪於朝廷也。」〔註 102〕

◎劉攽《中山詩話》

此詩話中並無反對新法之言論，蓋緣劉攽曾經參與司馬光編修《資治通鑑》之工作，又劉攽也反對王安石變法，故此書被禁與其政治立場有關。今所存一卷本《詩話》未見譏刺之語，且劉攽與蘇軾私交甚篤，曾以詩詞互相唱和，「烏臺詩案」中，李定、舒亶即提出蘇軾〈和劉攽韻〉詩多譏刺爲證，加罪於蘇。後來蘇軾定罪，被牽連者中，劉攽就是其一，崇寧禁其學術是當然的。

◎僧文瑩《湘山野錄》

〔註 100〕范鎮《東齋記事》，《叢書集成初編》第 2744 冊，北京：中華書局，1985 年，頁 1。

〔註 101〕晁公武《郡齋讀書志》卷十三，刊於《書目類編》第 69 冊，臺北：成文書局，1978 年 7 月，頁 31491。

〔註 102〕《四庫全書總目・提要》（4）〈子部小說家類一〉，臺北：藝文印書館，1997 年 9 月，頁 2754。

本書撰於熙寧中（據《郡齋讀書志》），學者多以是書或記北宋前期君臣德行美政，或錄當日陰暗衰朽之事，所以致之。蕭慶偉認爲另有因素，〔註 103〕因爲文瑩多與舊黨諸人往還，最明確的證據，即劉摯與文瑩「蓋相與周旋二十年之間」。〔註 104〕

宣和五年（1123），元祐學術再度遭禁，因「中書省言：福建印造蘇軾、司馬光文集。」〔註 105〕於是當年七月，「詔：毀蘇軾、司馬光文集板，以後舉人習元祐學術者，以違詔論。明年又申禁之。」〔註 106〕第二年（即指宣和六年十月庚午）的詔令：「有收藏習用蘇、黃之文者，並令焚毀，犯者以大不恭論。」〔註 107〕《梁谿漫志》卷七有〈禁東坡文〉一條云：

> 宣和間，申禁東坡文字甚嚴，有士人竊攜《坡集》出城，爲閽者所獲，執送有司。〔註 108〕

《坡集》可能指的就是崇寧二年（1103）被禁毀的《東坡集》和《東坡後集》。《曲洧舊聞》卷八云：

> 崇寧大觀間，（東坡）海外詩盛行，後生不復有言歐公者，是時朝廷雖嘗禁止，賞錢增至八十萬，禁愈嚴而傳愈多，往往以多相夸，士大夫不能誦坡詩，便自覺氣索，而人或謂之不韻。〔註 109〕

「海外詩」應該就是指東坡謫居海南儋州時所撰的詩文集——《海外

〔註 103〕見蕭慶偉《北宋新舊黨爭與文學》第二章，頁 75。

〔註 104〕見劉摯《忠肅集》〈文瑩詩集序〉，《景印文淵閣四庫全書》第 1099 冊，臺北：臺灣商務印書館，1983 年 3 月，頁 558。

〔註 105〕黄以周《續資治通鑑長編・拾補》卷四十七〈宣和五年七月己未〉條引《九朝編年備要》。臺北：世界書局，1974 年 6 月，頁 5577。

〔註 106〕同上一條所附引的《續宋編年資治通鑑》。

〔註 107〕見元・脱脱《宋史》第二冊卷二十二〈徽宗紀〉，北京：中華書局，1985 年，頁 414。又見前注同條引《九朝編年備要》亦記此詔云：「朕自初服，廢元祐學術，比歲至復尊事蘇軾、黃庭堅，軾、庭堅獲罪宗廟，義不戴天，片紙隻字，並令焚毀勿存，違者以大不恭論。」

〔註 108〕費袞《梁谿漫志》，《景印文淵閣四庫全書》第 864 冊，臺北：臺灣商務印書館，1983 年 3 月，頁 742。

〔註 109〕朱弁《曲洧舊聞》，《景印文淵閣四庫全書》第 863 冊，頁 339。

集》。宣和所禁，除了東坡之外，還有司馬光、黃庭堅等人的文集。司馬光的文集，在崇寧之時並沒有被禁，應是當時還沒有刊行，宣和間，福建當有刊行司馬光文集者，現在因爲集已不存，無從考證。

元祐學術一再被禁，受文禍影響者亦眾，時間前後復長達二十餘年，詩文被查禁得如此之嚴，那麼流傳至今的作品勢必不多，實際上並不是如此。被查禁得最嚴厲的是蘇軾的詩文，卻是後代傳誦最廣的；如黃庭堅、司馬光、蘇洵、蘇轍、秦觀、張耒、劉攽等人的作品，在當時還由有心人保留傳抄及刊印，宣和再禁的措施就是證明這些作品流傳之廣。後來，除了靖康年間解禁，南宋更因爲局勢的改變，朝廷上下對元祐諸臣備加推崇，故舊黨諸人的文學作品反而多流傳於後世。

第五章　黨爭、文禍對詞人心態的影響

由現代心理學的觀點來看，人們受到生活壓力時，情緒上或多或少受到某種程度的影響。張春興在其《現代心理學》一書中對「生活壓力」解釋道：

> 當事人雖認知生活情境中存在著對自己甚具威脅的刺激，但因限於個人條件，只得任其存在，無法將之消除。……就此種情形來說，具有威脅性的刺激情境，已經變成當事人的生活中長期存在的事件，此種生活事件，隨時使他在心理上感到很大的壓力，此即所謂之生活壓力（life stress）。〔註1〕

生活壓力的來源又可以分爲三方面：（一）生活改變。（二）生活瑣事（包括工作職業方面、生活保障方面、家庭支出方面等等）。（三）心理因素（包括挫折與衝突）。在這些壓力之下，一般人的身心會有什麼反應呢？生理上的反應：一是應急反應（又包括向對象攻擊以及脫離現場二種反應）。二、是一般適應症候群，如警覺反應階段，抗拒階段，衰竭階段等。生活壓力下引起心理方面的反應，在性質上均屬負面（不愉快）的情緒反應，惟負面情緒不止一種，諸如恐懼、焦慮、抑鬱、冷漠等，均屬負面的情緒。〔註2〕

〔註1〕張春興《現代心理學》，臺北：台灣東華書局，2001年6月，頁552。
〔註2〕同注1，頁553～565。

我們觀察黨爭下的詞人，首先在生活上數年一變是常有的事，甚者是數個月一變。因而在工作職業、生活保障及家庭支出等方面，必然造成強大的生活壓力，這些壓力常常在心理上造成負面的情緒，但是各人所能承受的壓力不一樣，每個人的反應也不同，這就是蘇軾在他的作品何以表現得較爲豁達，而秦觀卻表現得悲苦難以自拔的原因。所以當我們在分析作家心態之所以不同的因素時，不但要注意觀察整個時代氛圍的影響，也不可以忽視個人內在的心理因素以及體質因素。以下討論黨爭過程中的政治、社會變動，帶給詞人有那些重要的心理壓力，使他們在詞作裏表現出什麼樣的心態。

作爲新舊黨爭主角的這些政治人物，都是經由科舉選拔而來的知識份子，他們的出身雖不一，但個個飽讀詩書，文化素養本來極高，等到他居高官，應酬增多，自不能不附庸風雅一番，以展現才學。在歌舞娛興、酒酣耳熱的情形下，有時候應歌女的請求作一首小詞，或一時興起賣弄個文筆，都是常有的事，因此士大夫擅長填詞的比比皆是。如舊黨中的蘇軾、黃庭堅、秦觀、晁補之、張耒、李之儀、毛滂、李廌、王詵、張舜民、趙令畤、章楶等等，新黨中則有王安石、周邦彥、舒亶、王雱等人。又另有賀鑄、葉夢得、徐俯諸人，雖不在黨爭的核心，也或多或少受政爭之影響。

從上述黨爭的過程，我們可以歸納出早期、中期、晚期三種政爭的趨勢：早期（熙寧、元豐年間）是新舊黨共同參政，朝政主要是由新黨主導，舊黨尚有餘地從旁監督批評，以政見之爭爲主的局面。中期（元祐年間）是舊黨回歸朝廷，全面掌控政權，排擠新黨，新政盡廢的局面。晚期（紹聖至徽宗朝）是新黨重新回歸，盡逐舊黨，表面行新政，實際是意氣之爭，以報復爲主的局面。

在這種貶謫後回歸，回歸後又貶謫的循環過程中，文人的心態起了極大的轉變。若依時代的進程來說，神宗熙、豐時期，是文人「積極用世」精神相對昂揚的階段；哲宗元祐時期，是文人「畏禍及身」心態的滋生期；哲宗紹聖、元符至徽宗末年，是文人轉趨消沉頹唐或放曠自適心態的流行階段。以下概分四種不同的反應心態論述之。

第一節　初入仕途積極參政的心態

以熙寧、元豐時期的時代氛圍而言，神宗皇帝即位時，正值弱冠之年，有著銳意改革的強烈企圖心。他所任用的王安石等人，也正是共同具有改革傾向的人物。舊黨人士，即使是保守不樂於改革，依舊保有積極參政的心態，倘願意在政治議題上作批判和建議。以下提出幾位較顯著的人物，包括新黨的周邦彥，討論他們初入仕途時積極用世的心態。

黨爭初起，蘇軾對新法迭有意見，爲王安石所惡，熙寧四年（1071），自請外放，詔通判杭州。即使已身爲地方官，他也願意再就政策或當地施政利鈍提出解決意見。如蘇軾在熙寧八年（1075）密州任上，就有〈上韓丞相論災傷手實書〉、〈上文侍中論強盜賞錢書〉、〈論河北京東盜賊狀〉等給執政大臣的論政文書，反應密州旱蝗的嚴重情形，請求朝廷豁免秋稅，或暫停回收青苗錢。對盜賊叢出將引起社會的動亂，作一番剖析。此外對新法可以改進的地方，他也提供意見。連寫作上適合抒情的詞，對不能施展政治抱負，他也表白了苦悶的心情，寫了〈沁園春・赴密州早行馬上寄子由〉述懷：

> 孤館燈青，野店雞號，旅枕夢殘。漸月華收練，晨霜耿耿，雲山摛錦，朝露漙漙。世路無窮，勞生有限，似此區區長鮮歡。微吟罷，凭征鞍無語，往事千端。　　當時共客長安。似二陸初來俱少年。有筆頭千字，胸中萬卷，致君堯舜，此事何難。用舍由時，行藏在我，袖手何妨閒處看。身長健，但優遊卒歲，且鬭尊前。〔註3〕

此詞是他在赴密州途中，用一種發牢騷的方式寫出的。前片敘述寫作當時的情境，並觸景生情，想起了年少時雄心萬丈，有心報國的往事，所以引出了自負的「致君堯舜，此事何難」之語。後面卻沉寂了下來，

〔註3〕《全宋詞》（一），臺北：盤庚出版社，1978年10月，頁282。

「用舍由時」是很無奈的話，下面卻接著「行藏在我」，好似一切由我控制，但是心中其實傾向於「藏而不行」，故今後要「袖手旁觀」，詞末更說要優遊酣飲以終歲月。這段話的後面是頹唐話，是牢騷語，「致君堯舜」才是眞正的志意。在密州任太守一年，地僻政簡，秋後狩獵，不覺豪情又湧現，寫下了〈江神子・密州出獵〉：

老夫聊發少年狂。左牽黃。右擎蒼。錦帽貂裘，千騎卷平岡。爲報傾城隨太守，親射虎，看孫郎。　酒酣胸膽尚開張。鬢微霜。又何妨。持節雲中，何日遣馮唐。會挽雕弓如滿月，西北望，射天狼。〔註4〕

這闋詞以會獵的豪邁場面鋪陳，自覺體健氣張，詞末云「會挽雕弓如滿月，西北望，射天狼」，意在剿滅胡虜，報國之志顯然未衰。

熙寧九年丙辰（1076）中秋，蘇軾在密州寫了〈水調歌頭・丙辰中秋，歡飲達旦，大醉，作此篇，兼懷子由〉：

明月幾時有，把酒問青天。不知天上宮闕，今夕是何年。我欲乘風歸去，又恐瓊樓玉宇，高處不勝寒。起舞弄清影，何似在人間。　轉朱閣，低綺户，照無眠。不應有恨，何事長向別時圓。人有悲歡離合，月有陰晴圓缺，此事古難全。但願人長久，千里共嬋娟。〔註5〕

逐漸透出了一種受挫的情緒，鄧喬彬曾對這首詞上片分析道：

上片從望月生出奇想，隨著思緒的升落，在矛盾中表達了對人生的熱愛超過對月宮的嚮往，這是明言；對朝廷政治鬥爭的關注，則是暗語。〔註6〕

這是從《復雅歌詞》的傳說推理而來，〔註7〕夙來詞論家亦多不排斥

〔註4〕《全宋詞》（一），盤庚版，頁299。

〔註5〕《全宋詞》（一），盤庚版，頁280。

〔註6〕鄧喬彬〈東坡詞簡論〉，《詞學廿論》，上海：上海古籍出版社，2004年6月，頁108。

〔註7〕陳元靚《歲時廣記》卷三十一〈進新詞條〉：「《復雅歌辭》：是詞乃東坡居士以丙辰中秋，歡飲達旦，大醉，作〈水調歌頭〉兼懷子由，時丙辰熙寧九年也。元豐七年，都下傳唱此詞。神宗問內侍外面新行小詞，內侍錄此進呈。讀至『又恐瓊樓玉宇，高處不勝寒』，上曰：

這個「忠愛之言，惻然動人」〔註8〕的看法。東坡用世的志意似乎逐漸低落，但也尚未消磨淨盡。元豐元年（1078），在徐州太守任上，蘇軾積極築城抗洪，平洪後，更積極向神宗申請經費，再築大堤，同時在堤上還築了黃樓以鎮水患。〔註9〕他將個人積極用世的志意發揮在可以施展身手的地方，又配合著時代的大改革，很明顯地，蘇軾在他從政的前期，一直都保持著相當高昂的「積極參政」的精神。當然，偶爾還是免不了消沉一陣子，在〈永遇樂・夜宿燕子樓夢盼盼因作此詞〉（明月如霜）裡，後片「天涯倦客，山中歸路，望斷故園心眼」一節，有歸歟之歎。當時蘇軾才四十三歲，卻出此言，實和出仕以來的際遇不相符合，因爲從他科考的得意與朝廷對他的優厚待遇來看，這十餘年也並不是不順遂。但因爲與新黨諸人的理念的落差，讓他一直覺得政治抱負難以實現，才有此感歎。然歇尾道「古今如夢，何曾夢覺，但有舊歡新怨。異時對、黃樓夜景，爲余浩歎。」則由古今如夢而有所脫悟。洪亮《蘇東坡新傳》稱：「終於掙脫了由政治波折帶來的精神桎梏。」〔註10〕此言即顯出了他放曠的天性。所以從總的趨勢來看，此期蘇軾的參政意願還是相當昂揚的。

比蘇軾小九歲的黃庭堅，幼年生長鄉間，常有高蹈林泉的宿願。熙寧年間他出仕未久，關心生民疾苦的儒者情懷，卻呼之欲出。如所作〈虎號南山〉詩有「念昔先民，求民之瘼；今其病之，言置于壑」的句子，關心民病之情躍然行間，詩末更道：「豈弟君子，伊我父母。不念赤子，今我何怙。嗚呼旻天，如此罪何苦。」〔註11〕以不能解人民倒懸

『蘇軾終是愛君。』乃命量移汝州。」《叢書集成新編》第43冊，臺北：新文豐出版公司，1985年1月，頁467。

〔註8〕張惠言《詞選》卷一對〈水調歌頭〉之評語，《續修四庫全書》，上海：上海古籍出版社，2002年3月，頁561。

〔註9〕《宋史・蘇軾傳》第3冊卷三三八，臺北：鼎文書局，1980年1月，頁2893。

〔註10〕洪亮《蘇東坡新傳》，臺北：國際村文庫書店，1993年12月，頁205。

〔註11〕《山谷集・外集》卷十一，《景印文淵閣四庫全書》第1113冊，臺北：臺灣商務印書館，1983年3月，頁474。

而自責，文辭語氣很強烈。他的另一首〈流民歎〉更對當時人民受地震之害、政府救災不力，慨然提出他的謀國之策。元豐五年（1082）三、四月間，他寫了十二首紀行詩，爲鹽民的苦於榷鹽法請命。這段時期的詩作較多，詞作少，可以看出他以詩言志，表現出積極用世的意向是甚爲明顯的。只有一闋詞〈水調歌頭〉內容與政治抱負有關，其後片說：

> 漢天子，方鼎盛，四百州。玉顏皓齒，深鎖三十六宮秋。堂有經綸賢相，邊有縱橫謀將，不減翠蛾羞。戎虜和樂也，聖主永無憂。〔註12〕

詞旨蓋盛讚當今明主不迷戀紅顏，專致於國政，更有賢相良將輔助，期於天下太平。這裏與同時期其他的俗情詞，不但詞氣不同，詞風表現得豪邁開闊；所表達的志意也大不同，有著期望國家強盛太平的積極樂觀心態。以上所述都可見黃庭堅初入仕途的種種表現。

秦觀與其老師都經歷了黨爭的折磨，但是兩個人的心態越到晚年越歧異。秦觀年輕時也慨然有靖邊報國之志，他曾對陳師道說：

> 往吾少時，如杜牧之強志，盛氣好大而見奇，讀兵家書，乃與意合，謂功譽可力致，而天下無難事。顧今二敵有可勝之勢，願效至計，以行天誅，回幽夏之故墟，弔唐晉之遺人。〔註13〕

可見他年輕的時候也想立下一番功業，而且就是針對著宋朝的二大患「遼與西夏」而發，有宋近百年的憂患，始終無法解決，自然是宋朝當時有志青年所朝夕圖謀蕩平的。因此，他極爲推崇唐代大將軍郭子儀的勳業，曾在熙寧五年寫〈郭子儀單騎見虜賦〉，抒寫郭子儀不畏回紇軍的包圍，獨往說服敵將，使之反而願爲唐朝朝廷效力，挽救危急的局勢，成就一世的功業。在秦觀年輕的心裡，欽敬之餘，必定少

〔註12〕見《全宋詞》（一），盤庚版，386頁。黃寶華在他的《黃庭堅詩詞文選評》書中認爲此闋可能是山谷在元豐年間任北京國子監教授所創作，上海：上海古籍出版社，2003年12月，頁56。

〔註13〕陳師道〈秦少游字序〉引少游語，見《後山集》，《景印文淵閣四庫全書》第1114冊，臺北：臺灣商務印書館，1983年3月，頁616。

不了那效法的壯志。元豐初年，曾孝序調守邊防，秦觀作詩相贈，以「丹青儻不渝，與子同裳衣」（〈寄曾逢原〉），〔註14〕表示願意一同效命沙場的豪情。

元豐八年（1085），神宗病逝，由太皇太后高氏垂簾聽政，政治情勢開始轉而對舊黨有利。經過幾次波折，元豐八年（1085）四月秦觀終於中了進士，時三十七歲。首先任定海主簿，不過是虛職。次年，哲宗立，授秦觀蔡州（今河南汝陽縣）教授。到任後，賦〈擬郡學試東風解凍〉詩，其中二句云：

> 更無舟楫礙，從此百川通。〔註15〕

顯示出無限歡欣之情，這是他仕宦之始。這麼一個小小的官職，就引起如此激動的情緒，一方面可以看出他的性情，另一面也可以察覺他易受外物影響的個性。這時期與黃庭堅等常至東坡宅邸請益切磋，是文壇一時盛事，後人筆記多有所記。如楊慎《丹鉛總錄》云：

> 蜜雲龍，茶名，極爲甘馨。黃、秦、晁、張，號蘇門四學士，子瞻待之厚。每來，必令侍妾朝雲取蜜雲龍。…山谷有矞雲龍，亦茶名也。〔註16〕

《王直方詩話》另記道：

> 東坡嘗以所作小詞示無咎、文潛曰：「何如少游？」兩人皆對云：「少游詩似小詞，先生小詞似詩。」〔註17〕

師友之間以詩詞互作品評，藝事精進，又互爲諧謔，其樂融融。元祐二年（1087）六月，共集於駙馬都尉王詵花園，與會者十六人。有名畫家李伯時作〈西園雅集圖〉，米芾撰〈西園雅集圖記〉，座中皆一時俊彥。秦觀日後寫〈望海潮〉，詞中對這一段勝事依舊眷眷於懷，以上是秦觀

〔註14〕《淮海集》卷二之二，《四部叢刊正編》第50冊，臺北：臺灣商務印書館，1979年11月，頁13。

〔註15〕同前書卷七之四，頁28。

〔註16〕明·楊慎《丹鉛總錄》卷十六，《景印文淵閣四庫全書》第855冊，臺北：臺灣商務印書館，1983年3月，頁534。

〔註17〕《宋詩話輯佚》錄《王直方詩話》第254條〈蘇王黃秦詩詞〉，北京：中華書局，1987年5月，頁93。

一生最順遂的時期。〔註 18〕同時，他開始認眞研究國事，著有〈國論〉、〈主術〉、〈財用〉等篇，立論很實際而精闢。從他文章的總體方向來看，都是在討論如何治國理財，顯示了他還抱持著很高昂的參政意願。

將蘇軾、秦觀有心報國的初志并觀，其目的是相同的，都是以身許國，不計成敗。但是二人對報國途徑的選擇就有所不同了：蘇軾想效法的是范滂澄清天下之志，是以人格的風節爲依歸；而秦觀卻是以將軍平定禍亂，以建立勳業深自期許。以志節爲依歸，可以終身執持不衰；以軍功自期許，將伴隨體能的衰退而寖衰。這就可以明白，蘇軾晚年猶賦「許國心猶在」，而秦觀晚年卻以〈踏莎行〉深寄幽恨，其志趣所以殊別如此，報國的取徑不同要爲一因。

周邦彥在宋神宗元豐六年（1083）七月，曾獻〈汴都賦〉，文中多用古文奇字，對新法頗爲稱頌，顯示他對新法充滿著憧憬，爲神宗所嗟賞，乃命爲太學正。〔註 19〕由此我們知道他是一位新法的擁護者。但是由各方面的材料看（參見下一節），周邦彥是一位文人，對政治熱衷的程度並不高，他甚至還持著一種保持距離的心態。〔註 20〕雖然我們可以在其後期的詞作當中，考察得出偶然還是隱藏著暗憂國政的意識，不過整體而言，他是一位相當明哲保身的人。

〔註 18〕有謂西園雅集是虛構的，南宋樓鑰〈跋王都尉湘鄉小景〉曾記見過〈雅集圖〉，即使圖、文是僞，王水照〈走近蘇海——蘇軾研究的幾點反思〉引衣若芬語謂：「不論『西園雅集』是眞實歷史事件或者全爲虛構都不妨礙後人對它的嚮望」，而謂：「應從其『歷史文化特質』方面加以探討」，本文即將此列在第六章第四節討論當時文人深厚的文化修養來談。王文見《文學評論》1999 年第 3 期，頁 137。

〔註 19〕以上經歷係據王國維《清眞先生遺事》及吳則虞所編《清眞集》附錄之《參考資料》，與羅忼烈〈北宋擁護新法的詞人周邦彥〉及〈周清眞詞時地考略〉二文共同參較而出。繆鉞、葉嘉瑩合編之《靈谿詞說》有葉氏之〈論周邦彥詞〉一文亦有同樣的討論，頁 318 至 319。

〔註 20〕劉揚忠在其《周邦彥詞選評》〈導言〉裏說：「他既不是風節凜凜的政治家，也不是蘇軾式的清通曠達之士，他就是他自己——一個北宋晚期衰亂社會裏的感傷詞人，一個多愁善感而柔弱細膩的抒情文學家而已。」上海：上海古籍出版社，2003 年 12 月，頁 9。

文人在初入仕途之時，多自以爲已經進入了政治權力的核心，普遍表現出躍躍欲試的心態，所期望的，不外乎能將平素蓄積的學養以及受儒學薰陶下「達則兼善天下」的理想加以發揚實踐。這些心態無不或多或少呈現在文學作品當中，即連傳統被認爲宜於抒情的長短句，也都可以尋索得到，本文將在下一章更進一步地探析。

第二節　黨爭激化畏禍求脫的心態

黨爭激化之後，蘇軾是首當其衝的受害者，其餘諸人也都或多或少受到迫害，在此種情勢下，多數的人總容易產生畏禍的心態，但解脫的方式卻因人而異。

元豐二年（1079）在湖州任上，蘇軾以「烏臺詩案」貶爲黃州團練副使，由獨當一面的地方官驟降爲虛職，而且還是列管的罪人，蟄居四年有奇，備嚐苦辛，此事件是北宋最早又最引人注目的文禍。在烏臺獄中，鞫訊者按照審問死囚的程序訊問，或威逼，或恐嚇，蘇軾只得供出一部份詩有批評朝政之意。此時自料必死，想起其弟子由，不由得寫出二首「訣別詩」，有句道「是處青山可埋骨，他時夜雨獨傷神。與君世世爲兄弟，更結人間未了因」。又第二首也有「百歲神遊定何處，桐鄉知葬浙江西」之句，是何等的傷感和無望。〔註21〕差幸沒有被判死刑，朝廷詔責授檢校尙書水部員外郎、充黃州團練副使，並令本州安置、不得簽書公事。前面的官銜都是虛銜，他的身份是當地州郡官看管的罪人，實際上近於流放；「不得簽書公事」，表明了他無權參與公事。到了這時，早已不敢批評時政，若要發發牢騷，更要謹愼，只能用極委婉、極不可測度的詞語暗抒己意（是情意、而不是論政之意），甚至要寄託於他事、他物，以避開隨時可能再發生的誣陷。比如他寫的〈卜算子・黃州定惠院寓居作〉（缺月挂疏桐）

〔註21〕此二詩即〈予以事繫御史臺獄，獄吏稍見侵，自度不能堪，死獄中，不得一別子由，故作二詩授獄卒梁成，以遺子由二首〉，《蘇軾全集・詩集》卷十九，2000年5月，頁234。

一闋，《蘇辛詞選》評此詞道：

> 實際是蘇軾以物擬人，借孤鴻自況，抒發他貶官黃州，無人理解自己的苦悶的心情，表現他孤高自賞，堅持不與世俗同流的精神。〔註22〕

另外一首〈西江月・中秋和子由〉（世事一場大夢）則語氣悲涼，昂揚的銳氣已減。即使他那種熱切的用世之心，在作品的開篇處時時迸發出來，偶然高唱入雲，但是總在快收束的當兒，掩抑收斂，改向解脫的路去發展。像〈念奴嬌・赤壁懷古〉（大江東去），前片收納古今人物，手筆雄奇，後半暗抒自己瀟灑的襟懷如今卻「早生華髮」，最後以「人間如夢」一句，化百煉鋼爲繞指柔了。他在黃州的多數作品，一方面寓涵淒苦蒼涼的心，一方面尋求跳脫，心境變化不居，這是一種欲求擺脫的心態的表現。當時政治上的禁忌，待罪之人更不可論政，這些日子裏，不再表現出高昂的參政意願，處處表現的是「畏禍及身」的心態。

如果說詩文貴於含蓄，心境的表白還不夠清晰，那麼由他給人的書信來尋繹，就不是無根的臆度。比如給李端叔的信中再三吩咐：

> 自得罪後不敢作文字，此書雖非文，然信筆書意，不覺累幅，亦不須示人，必喻此意。〔註23〕

又在作〈赤壁賦〉次年，爲傅堯俞寫此賦，於賦後題記說：

> 軾去歲作此賦，未嘗輕出以示人，見者蓋一二人而已。欽之有使至，求近文，遂親書以寄。多難畏事，欽之愛我，必深藏之不出也。又有後赤壁賦，筆倦，未能寫，當俟後信。軾白。〔註24〕

前一信言「不敢作文字，……亦不須示人」，後一信記「多難畏事」，清楚地親口道出了心聲。又〈與章質夫書〉曾言及寫作〈水龍吟・次韻章質夫楊花詞〉的經過與意圖，也囑咐章楶「亦告不以示人也」。

〔註22〕曾棗莊等著《蘇辛詞選》，頁37。

〔註23〕《蘇軾全集・文集》卷四十九〈答李廌書〉二首之二，上海：上海古籍出版社，2000年5月，頁1662。

〔註24〕錄自二玄社書跡名品叢刊《宋蘇東坡赤壁賦/楷木詩卷他》。東京：二玄社，1977年2月，頁16至18。

以上所節錄的書信語，全都是他「畏禍心態」的自白。

東坡在黃州一面爲了避禍而不敢言事，一面爲了解憂而與佛道中人往來，〔註25〕「惟佛經以遣日」（〈與章子厚書〉），屢屢到安國寺「焚香默坐，深自省察」，而有「一念清淨，染污自落」之感（〈黃州安國寺記〉）。同時他在黃州還暫居在定惠院一段時間，以他的夙慧去了解方外之道，自是通達無礙。〔註26〕他的思想本來從儒家立足（「致君堯舜，此事何難」），現在又融入了二家的哲理，輔以天性的曠達，很快地，他找到了自己的一條路，那就是「脫悟」，除了「解脫」，更進一步的就是自有「悟解」。橫逆是人生道路上一定會遭遇到的，順處於橫逆才是正面的態度；美滿自適也是人生的另外一面，單看個人的心境和處事態度如何罷了。凡事皆有其相對面，得失悲喜發諸一心而已。因此他的悟解是：人間仍然是存在著可以把握的美滿自適，對於任何加諸於他身上的災厄榮辱，他都能以欣賞、包容、解脫等等達觀的態度來面對。

試看〈念奴嬌·赤壁懷古〉中以「人間如夢，一樽還酹江月」作總樞紐，認爲人生一切都是虛幻，似乎得到了一種解脫感，但是並未指明該如何自處。進一步地，蘇軾體悟出尚有一種美好的人生是值得追尋的，在他的〈滿庭芳〉（蝸角虛名）裡先提出「且趁閒身未老，儘放我些子疏狂，百年裡，渾教是醉，三萬六千場」的享樂思想，後片提出「幸對清風皓月，苔茵展、雲幕高張」這類對大自然的欣賞態

〔註25〕蘇軾與佛家結緣甚早，未出仕前，在蜀中即與成都文雅大師惟度、寶月大師惟簡交遊，通判杭州時，愛聽海月大師惠辯說法，〈海月辯公眞贊〉云：「時聞一言，則百憂冰解，形神俱泰。」《蘇軾全集·文集》卷二十二，頁1073。〈西江月·平山堂〉有句道：「休言萬事轉頭空，未轉頭時皆夢。」此全從金剛經「一切有爲法，如夢幻泡影：如露亦如電，應作如是觀」的觀點轉出。上詞作於元豐二年（1079）揚州，發生烏臺詩案前。

〔註26〕蘇洵與大覺懷璉禪師早有往來，而蘇軾二十一歲赴京師時可能打過照面，至遲在治平二年三十歲時確曾書信往返。蘇母程氏也是虔誠的佛教徒，這說明蘇軾與佛門結緣甚早。今人孫昌武有〈蘇軾與佛教〉一文考證詳明，《文學遺產》1994年第一期，頁61～62。

度，逐漸透出了他天人合一思想的成型。最足以代表他這種思想的，就是〈前、後赤壁賦〉。〈前赤壁賦〉主要要破解的就是客人對時光流逝、人生短暫的悲嘆，所要闡明的就是自適的人生觀。古今人事有代謝興衰，現實生活有榮辱得失，隨時而變化，但變化的是表面的物象；宇宙間卻有不變的眞理，即：萬物雖然皆在不斷的變化，這變化的道理卻是亙古就存在了，「萬物不能不變」這是一項不變的眞理。〈前赤壁賦〉認爲江上之清風與山間之明月自古以來就存在，而且取之不盡，用之不竭，何不盡情取用，讓人與風、月同化，欣賞這造物主所賦予我們的自然寶藏。〈後赤壁賦〉接續〈前赤壁賦〉的旨意而開展，「以寫景敘事爲主，從現實現境中將這一番眞實了悟落實到行動。」〔註27〕

〈後赤壁賦〉所表現的是什麼樣的境界？王水照等所著的《蘇軾傳》曾做結論說：

> 全篇所表現的是一種隨緣任性、清澈無滓的自然之境，詩人處處以自然本心遇人處事，無有雜念二心，樂則樂，悲則悲，恐則恐，當行則行，當止則止。……毫無刻意造作的人爲痕跡。〔註28〕

這二篇賦與莊子的哲理若合符契，可能莊子的哲理在這個時候啓迪了他，也可能在人生大起大落之後，他的徹悟恰好與莊子同調。〔註29〕總之，沒有人生這種歷練，他是否會產生這種思想，是非常值得懷疑的。

從這種徹悟轉而求自適思想的確立，蘇軾找到了古今詩人裡心性與他最爲相似的陶淵明爲友。他對陶淵明的欣賞早於黃州時期，〔註30〕

〔註27〕王水照、崔銘著《蘇軾傳》，天津：天津人民出版社，2001年1月，頁307。

〔註28〕同前注，頁310。

〔註29〕孫昌武〈蘇軾與佛教〉一文有「蘇軾作品中的莊禪交融」一節曾詳加討論。見注26。

〔註30〕蘇軾〈與朱康叔〉二十首之十三曾自謂：「舊好誦陶潛〈歸去來〉……近輒微加增損，作般涉調〈哨遍〉。」這封信寫於作〈哨遍〉（元豐五年1082）之後。見《蘇軾全集・文集》卷五十九，頁1911。

到了黃州躬耕而體貧，與陶的生活相似，使他常常懷想陶淵明的爲人，曾特別檃括〈歸去來兮〉辭，作〈哨遍〉詞，並在題序中自謂「不亦樂乎」，追隨淵明的意思甚爲明顯。元豐七年（1084），在告別黃州父老時，他寫了一首〈滿庭芳〉，開篇就用陶潛〈歸去來兮〉辭的首句「歸去來兮」作引起，詞中訴說與黃州父老結下深厚的友情，他在臨別之際，不勝依依。這充分說明他已經能在任何困頓的境遇，隨遇而安，任便逍遙，擺脫苦難，體會道家「眞人」的境界。

元豐七年（1084）四月，蘇軾被量移汝州，似乎復用有望，次年三月，神宗積鬱病逝，太皇太后高氏垂簾聽政。元祐初，蘇軾歸朝，先以禮部郎中召還，隨後接連超遷起居舍人、中書舍人、翰林學士知制誥。前此，元豐改制以後，中書省的起居舍人和門下省的起居郎，一同領修起居注的職責，記錄皇帝的言行，因此大部分時間都跟在皇帝的身邊。皇帝有所舉措，不但合應記錄，皇帝有所疑問，也可能徵詢起居舍人，故擔任此職甚具影響力。任起居舍人後不滿三個月，特詔任蘇軾爲中書舍人。由不久前之從六品，一躍爲四品官，且循例兼知制誥，朝廷特賜紫袍金魚袋。依《宋史・職官志》所記：中書舍人與翰林學士分掌內外制，舍人掌外制，翰林學士掌內制。元祐元年（1086）九月，蘇軾榮升爲翰林學士知制誥，這是正三品官，當時人視此官職爲「內相」，專掌內制，承命撰寫有關任命將相大臣，冊立皇后、太子等事的文書，以及與周邊國家往來的國書等，對大臣章奏的批答也在其職責範圍之內。蘇軾任此要職，與兩年前在黃州的處境相較，可謂天壤之別。

以上是從政治權位上看其升沉，若是從薪俸待遇上看，更是只能以暴富形容之。蓋宋廷對文人從政者本來就優禮有加，如今驟升爲正三品，薪給只在宰相之下，宰相是正二品，宋朝正一品官是虛懸不用的。除了本職待遇，另外還有撰寫內外制的「潤筆費」，常以數百兩銀計，甚爲豐厚。因而蘇軾回京不久，即在城西近皇城處，新建一棟官宅，經濟上絕對是寬綽有餘。

在此同時，蘇軾的名聲宣播中外，他的詩文早已流傳至遼國、西夏、高麗等國。監察御史張舜民奉命出使大遼時，就曾在館驛的牆壁上讀到遼人所寫的蘇軾〈老人行〉，在遼國都城的書肆裡，他還買到一本《大蘇小集》，張舜民攜回汴京，並於書後題詩道：

誰題佳句到幽都，逢著胡兒問大蘇。〔註31〕

蘇軾曾應蘇轍詩作〈次韻子由使契丹至涿州見寄四首〉之三道：

氈毳年來亦甚都，時時鴃舌問三蘇，那知老病渾無用，欲問君王乞鏡湖。〔註32〕

外國使者來朝，甚爲關注三蘇的一切。有一次一位遼國使者劉霄一邊宴飲一邊朗誦蘇軾詩，蘇軾憶道：

昔余與北使劉霄會食，霄誦僕詩云：「痛飲從今有幾日，西軒月色夜來新。公豈不滿飲者耶？」虜亦喜吾詩，可怪也。〔註33〕

國外人士如此敬重，國內各階層人士亦矚目他的一言一行。如《夷堅志》說：「人人皆戴子瞻帽。」甚至宮廷藝人爲此而編出一齣滑稽戲，以時人愛戴高帽子爲附庸風雅，特意嘲諷一番，還引得（哲宗）皇帝頻頻回頭看蘇軾。〔註34〕蘇軾在京師的生活點滴，筆記小說或詩論、詞論諸書皆不煩殫錄，成爲日後文壇趣聞。

最能凸顯蘇軾受朝廷恩寵之隆盛，爲他宦途達到巔峰時期的代表軼事，是王鞏所記：一日，太皇太后召見蘇軾，諭以先皇（神宗）惜才之意，不幸先皇早逝，未及起用蘇軾，蘇軾感泣失聲，太皇太后與哲宗也一同流淚。召見後，太皇太后命人以金蓮燭送蘇軾歸

〔註31〕王闢之《澠水燕談錄》，《景印文淵閣四庫全書》第1036冊，臺北：臺灣商務印書館，1983年3月，頁172～173。

〔註32〕《蘇軾全集．詩集》卷三十一，頁382。

〔註33〕《蘇軾全集．文集》卷六十八，頁2152。亦見《東坡題跋》卷三〈記虜使誦詩〉條，《百部叢書集成》刊《津逮秘書》第五函，臺北：藝文印書館，1966年，頁34。

〔註34〕李廌《師友談記》，《景印文淵閣四庫全書》第863冊，臺北：臺灣商務印書館，1983年3月，頁172～173。

院。〔註35〕

蘇軾重回朝廷，驟升要職，立即引來側目，又與司馬光在廢除免役法的議題上不合，爲洛、朔二黨所排擠。若論這時職權之高，已經是他出仕以來最得意之時，他卻不以爲喜，反以爲憂。身爲詩人，不是政客，一生不知官場利害，也不會經營，富貴對他而言猶如浮雲。但是太皇太后高氏對他又太過於榮寵，如此引來眾小人的嫉妒與誣陷，必然在所難免。即使已高升到翰林學士知制誥，他竟然還時常想回黃州作躬耕終老的打算，元祐二年（1087）歲暮，作書與友人說說：

> 東坡甚煩葺治，乳媼墳亦蒙留意，感戴不可言。……僕暫出苟祿耳，終不久客塵間，東坡不可令荒茀，終當作主，與諸君遊如昔日也。願遍致此意。〔註36〕

信裡垂詢東坡故居的人事、物貌，希望能保留到他將來回來「作主」，因爲他心中很確定「終不久客塵間」，他「畏禍」的心理成了定見，所以一當有嫉害者彈劾他，他就常在上章自辯之後，乞求外放。比如元祐元年（1086）十二月試館職策題被抨擊一事，他知道又被牽扯成另外一種文禍，遂連上四章求去，並在家候旨不去上朝。另寫信給楊繪（元素）說明心事道：

> 某近數章請郡，未允。數日來，杜門待命，期於必得耳。公必聞其略，蓋爲台諫所不容也。……然進退得喪，齊之久矣，皆不足道。老兄相知之深，恐願聞之，不須爲人言也。〔註37〕

表明他已經把進退得失一同看待。元祐三年（1088）十月，蘇軾便以右臂不仁，兩目昏暗的理由，上章堅乞一郡，高氏依然不准。四年二月，又再乞郡，終於准其所請，得差遣知杭州軍州事。在明媚秀麗的江南首選之都，蘇軾如魚得水，愜意之極，詩詞佳作亦可比肩於黃州

〔註35〕王鞏《隨手雜錄》，《筆記小說大觀》第二十二編第三冊，頁1690～1691。

〔註36〕《蘇軾全集·文集》卷五十三〈與潘彥明〉十首之六，頁1772。

〔註37〕《蘇軾全集·文集》卷五十五〈與楊元素〉十七首之二，頁1819。

時期，如〈八聲甘州〉（有情風萬里捲潮來）、〈南歌子〉（山與歌眉斂）、〈賀新郎〉（乳燕飛華屋）、〈青玉案〉（三年枕上吳中路）等詞，而內涵更加蘊藉。元祐六年（1091），蘇軾以龍圖閣學士改知潁州。次年，受召還朝，以兵部尚書兼侍讀，領皇帝郊祀鹵簿使，備極榮耀。旋遷端明殿學士兼翰林侍讀學士、守禮部尚書。以一身而兼兩學士職，是久未一見之「異數」，亦可見太皇太后恩眷之深。以上種種皆是蘇軾在「烏臺詩案」危疑困頓之後，陡然躋攀青雲，所謂「春風得意」之時的種種經歷。這時期政治地位奇高，毀謗隨之交雜而至，居高思危，遂造成了蘇軾想慨然以身許國卻又時時尋求退避之地的矛盾心理。〔註 38〕

元祐之後，黃庭堅與晁補之、張耒、秦觀等陸續在中央任職並得重用，時稱蘇門四學士，是施展抱負的大好時機。但新舊黨爭趨於激化，新黨之間也分裂相攻，黃庭堅雖然涉入不多，但由於蘇軾的器重，曾推薦他任翰林學士，事雖不果，已引來趙挺之的攻擊，稱他「輕薄無行，少有其比」，「庭堅罪惡尤大」。〔註 39〕後來又因爲趙挺之的阻撓，被取消著作郎的任命。不久，東坡再以不堪黨爭之苦，請求外放，他在朝中失去了倚靠。舅父李常、岳父孫覺相繼辭世，他開始萌生了退意。其〈寺齋睡起〉云：

> 桃李無言一再風，黃鸝惟見綠葱葱。人言九事八爲律，倘有江船吾欲東。〔註 40〕

此詩顯示了他遇到挫折時不流於痛苦，而是選擇退避林泉的心態，這與他年少時候愛與大自然爲伍的本性可能有關。

〔註 38〕丁曉、沈松勤〈北宋黨爭與蘇軾的陶淵明情結〉即謂：「出仕與歸隱，正如一枚硬幣的兩面，兩者尖銳對立卻又無法分割，造成了蘇軾這一階段思想的矛盾性。」，《浙江大學學報》第 33 卷第 2 期，2003 年 3 月，頁 113。

〔註 39〕《續資治通鑑長編》卷四〇七〈元祐二年十二月丙午〉條，《景印文淵閣四庫全書》第 321 冊，頁 207。

〔註 40〕《山谷集》卷九，《景印文淵閣四庫全書》第 1113 冊，臺北：臺灣商務印書館，1983 年 3 月，頁 73。

秦觀遇到挫折時的反應相對更爲消極，元豐元年（1078）應舉不第，仕途的艱難對他有相當大的打擊。之所以不第和他素來所習的學業有關，秦觀從入小學到熙寧四年改變科舉法的期間，除了四書、五經、佛老哲學及兵書外，主要學習的是詩賦，和熙寧科舉改用「經義、論策」取士的途徑自不相同。〔註41〕從下第起，秦觀開始改習經義、論策，然而似乎不太經意。他的家庭本來信佛，與佛、道方外之士常有往還，省親之後，四處旅遊，與四方之士相唱和。至揚州，太守鮮于子駿（侁）集前人詠揚州篇什爲《揚州集》，囑秦觀作序，看得出他還是過著詩酒生活。但是爲了前途，他再度與弟弟共同準備應舉，學習策論寫作方法，撰〈奇兵〉、〈兵法〉、〈盜賊〉等篇，請蘇轍帶給其師蘇軾，虛心請益。蘇軾在〈答秦太虛書〉中勸勉他說：

> 竊爲君謀，宜多著書。如所示〈論兵〉及〈盜賊〉等數篇，但似此得數十首，皆卓然有可用之實者，不須及時事也。〔註42〕

蘇軾的用意希望秦觀目光放在社會實用的理論上，但又勸不要談時事，實在有些矛盾，卻也可以看出蘇軾「畏禍」心理。元豐五年（1082），秦觀應試又落第，志氣更加消沉。南歸時，繞道黃州，謁見東坡，作〈吊鎛鐘文〉，以鎛鐘寄意，暗抒懷才不遇之情。後來過鎮江，又賦〈長相思〉詞，歎「潘鬢點、吳霜漸稠」，此時也不過三十四歲，詞末卻以「幸于飛鴛鴦未老，不應同是悲秋」作結，似乎有「君言不得意，歸臥溫柔鄉」的意緒。

元祐初，蘇軾與黃庭堅等師生相繼回任中央，不但宦途順利，社會地位也極高。元祐二年（1087），秦觀卻因爲爲師座辯護寫了〈朋黨論〉而得罪洛黨。九月應制科，秦觀上〈策論〉五十篇、〈序篇〉一篇，本以爲必能入選，卻受舊黨分裂之害，遭到挫折，只好失意地

〔註41〕《新校續資治通鑑》（三）記載：「（神宗熙寧）四年二月丁巳，罷詩賦及明經諸科，以經義論策試進士。」臺北：世界書局，1974年1月，頁1698。

〔註42〕《蘇軾全集．文集》卷五十二，頁1736。

待在蔡州。在蔡州這五年裡（元豐八年至元祐五年），寄跡於青樓，應歌塡詞，詞情越加地婉曲綿緲。徐培均等分析其詞及心理說：

> 雖然詞中所表達的感情可以簡單地理解爲男女戀情，但仔細研讀，特別是結合詞人的身世考察，又會發現在這些男女之情的背後，其實存在著詞人另一種意緒——一腔愁懷，這就是清人周濟所謂的「將身世之感打并入艷情」。〔註43〕

如果拿來和蘇軾近於喪命又幽居五年的景況相比較，不過仕途不達而已，何必消沉如此，從這裡可以看出秦觀個性的柔弱。氣短而志弱，恐怕是他爲人的特徵了。

元祐五年（1090）五月，因范純仁的推薦，秦觀離蔡入京，除太學博士。未幾，右諫議大夫朱光庭言：「新除太學博士秦觀，素號薄徒，惡行非一，豈可以爲人之師，伏望特罷新命，詔觀別與差遣。」〔註44〕朝廷乃另除他爲秘書省校對黃本書籍。六年（1091）三月，蘇軾由杭州任上召回，任翰林學士、知制誥兼侍讀。在此同時，劉摯、王巖叟、梁燾、劉安世等朔黨把持政局，洛黨附之，共同排擠蜀黨。八月，蘇軾乃自求外任，出知潁州（今安徽阜陽縣），次年二月知揚州，秦觀益覺不安。

元祐七年（1092）八月，蘇軾以兵部尚書再調京師，十一月遷端明殿學士兼翰林侍讀學士、守禮部尚書。位高招嫉，諫官黃慶基彈劾蘇軾，並牽連到秦觀，奏云：

> 軾自進用以來，援引黨與，分佈權要。……昨薦王鞏，既除宗正寺丞，又通判揚州，竟以不持行檢敗。……前者除張耒爲著作郎，近者除晁補之爲著作佐郎，皆軾力爲援引，遂至於此。至如秦觀，亦軾之門人也，素號儇薄。昨除祕書省正字，既用言者罷矣，猶不失爲校對黃本書籍。是以奔競之士，趨走其門者如市，惟知有軾而不知有朝廷也。

〔註43〕徐培均、羅立剛《秦觀詩詞文選評》，頁78。

〔註44〕《續資治通鑑長編》卷四四二，《景印文淵閣四庫全書》第321冊，臺北：臺灣商務印書館，1983年3月，頁669。

爲人臣而招權植黨至於如此，其患豈小哉！〔註 45〕

這篇章奏，先攻蘇軾援引黨與，並指其黨與品德敗壞。後面攻擊秦觀，又是用元祐二年、五年以來一貫的手法，緊緊咬住秦觀曾作豔詞的口實，批評他「儇薄」。德行之是否良善直接以文章詩詞爲標準，而文辭事實俱在，使秦觀百口莫辯。章奏的後面，將蘇軾說成目無朝廷之人，必定對朝廷造成禍害，用這惡毒的手法陷蘇軾於不臣之罪。太皇太后不爲所動，秦觀反被擢升爲「正字」。宰相呂大防再薦爲國史館編修。在京師的四年，懍於黨爭，作品時常有歸歟之思。如〈金明池〉詞有「好花枝，半出牆頭，似悵望、芳草王孫何處」句，寓歸隱之心。又有「況春來倍覺傷心，念故國情多，新年愁苦」之句，也有暗示政爭造成內心愁苦之意。〔註 46〕八年九月，高太后去世，局勢急轉直下。秦觀長久以來憂慮的情事果然發生，新黨得政，舊黨失勢，他從此長處於流徙南方的困境。

周邦彥卻是一位身在新黨陣營，還能不苟且附會而自有操守的文人。雖然屈居下僚，他倒也能安時順處，偶然發發牢騷，但在其詞作裡卻隱藏得極幽微，可能這就是一種生存之道。也可能在這樣的時代氛圍下，有不少人都懷著這種心態吧！神宗病逝後，因爲不容於舊黨，周邦彥出爲廬州（今安徽合肥市）教授。他寫了〈滿江紅〉（晝日移陰），其一以暗抒政治的苦悶，其二對革新派人和新法的不幸而感慨，其三是對當權派感到憤恨和諷刺。〔註 47〕其他如〈憶舊遊〉（記

〔註 45〕《續資治通鑑長編》卷四八四〈元祐八年五月壬辰〉條，《景印文淵閣四庫全書》第 322 冊，臺北：臺灣商務印書館，1983 年 3 月，頁 332～333。

〔註 46〕徐培均．羅立剛著《秦觀詞新釋輯評》【講解】一欄考此詞作於紹聖元年（1094）春，並認爲此詞與政局將變有關。北京：中國書店，2003 年 1 月，頁 314。

〔註 47〕羅忼烈〈擁護新法的北宋詞人周邦彥〉一文，曾對王世貞〈弇州山人詞評〉歸爲情詞的說法提出糾正，謂「這樣的詞評，眞是丈二金剛，摸不著頭腦。」並作了以上的推論。見羅氏《詞曲論稿》。臺北：木鐸出版社，1982 年 6 月，頁 64～67。

愁橫淺黛）、〈宴清都〉（地僻無鐘鼓）、〈玉樓春〉（桃溪不作從容住）……等等，據龍沐勛的考證，以爲都是「看似清麗，而弦外多悽抑之音」。〔註 48〕這貶謫的十年，正值他青壯年時期（三十二至四十二歲），卻是人生最不得意之時，故後來他在〈重進汴都賦表〉自謂「漂零不偶，積年於茲」，怨抑之懷，昭然可見。此外，周氏在溧水縣（今江蘇溧水縣），並寫了〈滿庭芳・溧水無想山作〉：

> 風老鶯雛，雨肥梅子，午陰佳樹清圓。地卑山近，衣潤費爐煙。人靜烏鳶自樂，小橋外新綠濺濺。凭欄久，黃蘆苦竹，擬泛九江船。　　年年。如社燕。飄流瀚海，來寄修椽。且莫思身外，長近尊前。憔悴江南倦客，不堪聽、急管繁弦。歌筵畔，先安簟枕，容我醉時眠。〔註 49〕

其中「凭欄久，黃蘆苦竹，擬泛九江船」一句正是引白居易〈琵琶行〉詩句，以表示與白氏同樣有遷謫之苦。「年年。如社燕。飄流瀚海，來寄修椽」句，以社燕居棲不定，抒發飄泊之思。「且莫思身外，長近尊前」，頗有頹唐不振之感，也有欲置身事外之意。

元祐舊黨敗後，詔還京師，路過荊州時，邦彥作了〈渡江雲〉一闋詞，詞云：

> 晴嵐低楚甸，暖迴雁翼，陣勢起平沙。驟驚春在眼，借問何時，委曲到山家。塗香暈色，盛粉飾、爭作妍華。千萬絲、陌頭楊柳，漸漸可藏鴉。　　堪嗟。清江東注，畫舸西流，指長安日下。愁宴闌，風翻旗尾，潮濺烏紗。今宵正對初弦月，傍水驛、深艤蒹葭。沉恨處，時時自剔燈花。〔註 50〕

此詞羅忼烈以爲「當是入都途中水路過荊南作」，而葉嘉瑩亦表同意。〔註 51〕並謂：「而這一首詞，卻是分明漏洩了其中政治託喻之消息的

〔註 48〕龍沐勛〈清眞詞敍論〉，《詞學季刊》第二卷第四號，1935 年 7 月初版，1967 年 6 月再版，澳門海外圖書公司出版社，頁 8。

〔註 49〕《全宋詞》（二），臺北：盤庚出版社，1978 年 10 月，頁 601。

〔註 50〕《全宋詞》（二），臺北：盤庚出版社，1978 年 10 月，頁 596。

〔註 51〕見《靈谿詞說・論周邦彥詞》，頁 321。

一篇極爲重要的作品。」葉氏舉出此詞開端「晴嵐低楚甸，暖迴雁翼，陣勢起平沙」是隱喻時代的政治氣氛之轉變，這當中後二句更隱喻紛紛得意回朝的新黨人士。又謂：

> 那麼下半闋所寫的，則正是伴隨著這種驚喜所同時產生的，對這種榮悴無常禍福難料的，新舊黨人互相傾軋之多變的政壇的一種悲慨和恐懼。〔註 52〕

詞後邊的「愁宴闌，風翻旗尾，潮濺烏紗」忽然作轉折，預想筵席散後情景。平時風翻旗尾不過是風向的改變，有何可愁？烏紗高戴在頭，潮水濺及烏紗，形容風浪之大，但是何以會突然想到這兩件事情而和宴闌牽扯在一塊兒，一定有他的用意。「風向」當是暗示政治風向，風向一變，浪潮之大（政爭的翻攪）讓那烏紗（官位）也堪虞了。葉嘉瑩認爲：「原來他所愁懼的乃是政爭翻覆之無常」。〔註 53〕正是把此詞看做與政爭相關聯的作品。

周邦彥在黨爭中，大體持較爲中立的立場，對新黨的得勢也並不特別欣喜。尤其是看過了反覆的政局，他知道政壇的險惡，爲了不惹事端，所以，他的行事風格，是不特別去依附那一位權貴，甚至連皇帝的要求他也不一定認帳。劉揚忠於其《周邦彥傳論》中考證詳細，並提出周邦彥「抵制了徽宗與蔡京要他作新詞頌祥瑞的意圖」一事，可以說明周氏還是有他的堅持的一面。〔註 54〕南宋周密《浩然齋雅談》〈周邦彥詞〉條曾記道：

> 上（徽宗）……且以近者祥瑞沓至，將使播之樂府，命蔡元長（京）微叩之，邦彥云：「某老矣，頗悔少作。」……

〔註 52〕同前注，頁 313。

〔註 53〕同前注，頁 324。

〔註 54〕見崔海正《宋詞研究述略》第五章第 107 頁所引，臺北：洪葉文化事業有限公司，1999 年 3 月。又薛瑞生〈周邦彥捲入王寀、劉昺「謀逆」事件考辨〉論證清眞曾受蔡京的營救，免於被鄭居中陷以「謀逆」之罪，謂清眞「早已捲入蔡京集團」。但筆者以爲由其作品鮮有阿諛之語亦可見其人格的傾向。詳見西北大學學報（哲學社會科學版）第 34 卷第 4 期薛文，2004 年 7 月，頁 139。

由是得罪。〔註 55〕

其實早在他進京上〈重進汴都賦表〉中，就曾表示自己從前是「不能俯仰取容」，所以宦途並不顯達。現在面對皇帝的要求，他也不想迎合，因爲對徽宗及蔡京等的醉生夢死是看不慣的。曾寫了〈黃鸝繞碧樹〉一詞，譴責一干荒淫的新黨人士。

周邦彥爲人的面目，樓鑰〈清眞先生文集序〉說得很清楚：

> 公壯年氣鋭，以布衣自結於明主，又當全盛之時，宜乎立取貴顯。而考其歲月仕宦，殊爲流落。……蓋其學道退然，委順知命，人望之如木雞，自以爲喜。〔註 56〕

他的有所爲（獻〈汴都賦〉以求進），走的是文人生存的唯一途徑；有所不爲，是文人骨氣的呈現。這種進退之道，使他雖入仕卻不得平步青雲，他表現得呆若木雞，必然是僞裝的，要不然何以他「自以爲喜」。這是政治給他的洗禮下，深知翻覆的可怕，又不願意苟附的一種自保之法。而他詞作中對時局的憂懼所表現的寫作手法，比起蘇、黃、秦等人更加的婉曲隱藏，幾乎見不到多少政治情緒的表白，這是他寫作政治題材比起前人更進一層，更加深隱的特勝之處。

第三節　政治受難悲憤悽惋的心態

這種心態最可爲代表的即秦觀。紹聖元年（1094），哲宗親政後，舊黨相繼罷謫，秦觀出爲杭州通判，離京時賦〈望海潮〉：

> 梅英疏淡，冰澌溶洩，東風暗換年華。金谷俊游，銅駝巷陌，新晴細履平沙。長記誤隨車。正絮翻蝶舞，芳思交加。柳下桃蹊，亂分春色到人家。　　西園夜飲鳴笳。有華燈礙月，飛蓋妨花。蘭苑未空，行人漸老，重來是事堪嗟。煙暝酒旗斜。但倚樓極目，時見棲鴉。無奈歸心，暗隨流

〔註 55〕《詞話叢編》第一冊，頁 232。

〔註 56〕樓鑰《攻媿集》卷五十一之十七，《四部叢刊正編》第 55 冊，臺北：臺灣商務印書館，1979 年 11 月，頁 473。

水到天涯。

全詞泰半回憶昔日的美好，後片感歎世事不常，歇尾惆悵無限，充分表達出貶謫之情。又〈江城子〉：

西城楊柳弄春柔。動離憂。淚難收。猶記多情，曾爲繫歸舟。碧野朱橋當日事，人不見，水空流。　韶華不爲少年留。恨悠悠。幾時休。飛絮落花時候一登樓。便作春江都是淚，流不盡，許多愁。〔註 57〕

前片以今之離別與昔之多情對比，而當日事已不再；後片感傷爲國盡力的年華已逝去，唯有空自落淚耳。《秦觀詞新釋輯評》謂：

於是迸出歇拍三句「便作春江都是淚，流不盡，許多愁」，此眞傷心人語，若爲豔情，絕不能至此。惟有身家性命之所繫，詞人才會說出如此痛徹肝腸的話來。〔註 58〕

對於這兩首詞創作的時期，此書有詳細的考證，應該都是在紹聖元年哲宗親政，局勢丕變，舊黨諸人被貶出京之時。紹聖元年（1094）四月，劉拯彈劾他：

秦觀浮薄小人，影附於軾，請正軾罪，褫觀職任，以示天下後世。……元祐修先帝實錄，以司馬光、蘇軾之門人范祖禹、黃庭堅、秦觀爲之，竄易增減，誣毀先烈，願明正國典。〔註 59〕

於是朝廷再貶秦觀監處州（今浙江麗水縣）酒稅，蘇門六君子亦竄逐至邊鄙。在處州，秦觀爲了暫時忘憂，公餘之暇，寄身佛寺抄寫佛經，曾作詩云：「竹柏蕭森溪水南，道人爲作小圓庵。市區收罷魚豚稅，來與彌陀共一龕。」（〈處州水南庵〉）另外在紹聖三年（1096），亦作詩有句云：「因循移病依香火，寫得彌陀七萬言。」（〈題法海平闍黎〉）這是他逃避壓力，暫時獲得心靈平靜的方法。其實他的心境還是頗不

〔註 57〕此二首見《全宋詞》（一），盤庚版，頁 455、458。

〔註 58〕徐培均、羅立剛《秦觀詞新釋輯評》，北京：中國書店，2003 年 1 月，頁 95。

〔註 59〕《宋史・劉拯傳》第十四冊卷三百五十六，臺北：鼎文書局，1980 年 5 月，頁 11199。

平靜的，在處州所寫的另一首詞〈千秋歲〉（水邊沙外），〔註60〕寓寄他遷謫之恨，其結語「飛紅萬點愁如海」，哀怨深重，感動無數詞人，賡和者一時間有孔毅甫、蘇軾、黃庭堅、李之儀、王之道、丘崈、釋惠洪等人。但是新黨小人還不放過他，《宋史・秦觀傳》說：「使者承風望指，候伺過失，既而無所得，則以謁告寫佛書爲罪，削秩徙郴州。」〔註61〕使者指的是兩浙運使胡宗哲，因他的劾奏而讓秦觀連閑官都做不得，移郴州（今湖南郴州市）編管。〔註62〕秦觀留下了妻子，只携兒子秦湛同往，過瀟湘時，賦〈臨江仙〉（千里瀟湘挼藍浦）詞，衡州守孔毅甫見其先所作〈千秋歲〉詞，訝異道：「少游盛年，何爲言語悲愴如此？」遂賡和其韻以寬解其心。停留數日別去，毅甫送之於郊，復相語終日。歸來謂其親信說：「秦少游氣貌，大不類平時，殆不久于世矣。」〔註63〕雖然這種預測之言涉於無稽，但是由別人的眼中，大致看得出秦觀的心境正處於絕望的當兒，倒是不爭的事實。紹聖三年（1096）歲暮，秦觀抵達郴州，除夕作〈阮郎歸〉（瀟湘門外水平鋪）詞，念及與親人遠別，身處蠻瘴，復歸無望，愁腸已無，遑論愁腸寸斷，詞情悽婉之至。

紹聖四年（1097）二月，朝廷下詔將秦觀編管橫州。離開郴州，他寫下了〈踏莎行〉（霧失樓臺），他將心中無限的深恨，盡情發洩在詞裡，不但悽婉而已，清人王國維甚至形容爲「淒厲」。〔註64〕汲古閣

〔註60〕徐培均等所著《秦觀詞新釋輯評》指此詞作於處州（浙江麗水），見其書第131至132頁之考察。北京：中國書店，2003年1月。

〔註61〕《宋史》第十六冊卷四四四〈秦觀傳〉，鼎文版，頁13113。

〔註62〕王明清《揮麈餘話》卷二載：「紹聖初治元祐黨人，秦少游出爲杭州通判，坐以修史詆誣，道貶監處州酒稅。在任，兩浙運使胡宗哲觀望羅織，劾其敗壞場務，始送郴州編管。」刊在《叢書集成初編》，北京：中華書局，1985年，頁977。

〔註63〕見曾敏行《獨醒雜志》卷五，《叢書集成初編》，北京：中華書局，1985年，頁34。

〔註64〕《人間詞話定稿》第29則：「少游詞最爲淒婉。至「可堪孤館閉春寒，杜鵑聲裏斜陽暮。」則變而淒厲矣。東坡賞其後二語，猶爲皮相。」，《人間詞話》，北京：中國人民大學出版社，2006年3月，頁

本《淮海詞》附注記東坡絕愛末二句「郴江幸自繞郴山，爲誰流下瀟湘去」，書之於扇面，常歎息道：「少游已矣！雖萬人何贖！」〔註 65〕同年九月朝廷又詔「追官勒停橫州編館秦觀，特除名永不收敘，移送雷州編管」。這六、七年，從任職於中央的史官放逐至邊地，而且四處流徙，雖然秦觀早已料到會如此，然而流徙頻繁，地勢險惡，再加上永不收敘的打擊，天生個性憂鬱的他，此時已經接近精神崩潰的邊緣。元符三年（1100）正月，哲宗病逝，徽宗即位，不久，舊黨之人紛紛遇赦，秦觀亦復宣德郎，移衡州居住。七月北返，八月至藤州（今梧州市），中暑病逝，年五十二。

秦觀達不至於卿相，窮則類似於蘇軾的竄斥南方瘴癘之地，順遂少於橫逆，自身的過失不多，卻受黨爭、門派的牽累，難怪晚年淒苦不振，作品悲愴淒厲。如「骨肉未知消息，人生到此何堪！」（〈寧浦書事〉）「家鄉在萬里，妻子天一涯。……奇禍一朝作，飄零至於斯。」（〈自作挽詞〉）都代表了他的心聲。秦觀詞名高於詩名，徐培均等說：

> 時代不幸詞人幸。若沒有殘酷的元祐黨爭，淮海詞很可能停留在艷情階段，至多描繪一些江山勝概。正因爲詞人遭受黨禍，一貶再貶，使其詞融入了豐厚的政治內容，用他的心靈譜寫了時代的哀歌。因此研究元祐黨爭對於揭示部分淮海詞的底蘊，具有不可忽視的意義。〔註 66〕

這一段是從詞學的角度，說明了黨爭使秦觀詞的內涵更加充實，思想、情感皆有極大的轉變，也反映出一部份時代的面貌。

比較蘇、秦二人面對橫逆的態度大相逕庭。元豐二年後，蘇軾貶謫黃州的時期，積極參政的心態頓刻灰飛煙滅，性命已堪憂，何敢言

9。

〔註 65〕二人各有所賞愛，但東坡恐怕出之於既惜其才又心有愧咎，蓋少游不偶和蘇軾洩密給他而遭致後來的種種打擊有絕對的關聯。參見程怡〈元祐六年後的蘇、秦關系及其他〉一文，《華東師範大學學報》第 35 卷第 6 期，2003 年 11 月，頁 103～110。

〔註 66〕見徐培均、羅立綱編著《秦觀詞新釋輯評》，北京：中國書店，2003 年 1 月，頁 10。

政。但是他曠達的天性及時地解消了消沉的心志，適時的引導他開創出文藝上的新天地，這是他畏禍心態滋生，尋求解脫的「掙扎矛盾期」。同時期的秦觀卻因爲兩次落第，心態轉趨消沉，這是新黨新法（科舉方式改變）給他青年期所造成的陰影，可以稱爲「欲試而失意」的時期。

到了元祐舊黨用事，蘇軾驟躋高位已遭側目，與司馬光論政不合，又孤立少援，屢次入出朝廷而浮沉不定，自不能鞏固蜀黨、佑拔門人。秦觀在此種不安的局勢下，雖勉強入朝晉官，亦不能免於政敵的圍剿，心境的無奈與意志的消沉，日益滋長加劇，由早期的樂觀心態轉變而爲畏禍心態。至紹聖之後，整個環境全然是舊黨跌入深淵的絕境，二人皆受到無情的打擊，但是蘇軾以任眞自適面對命運，秦觀卻以哀婉消沉自處。蘇、秦二人在相同的政治氛圍下，心態卻往不同的方向發展，正與黨爭所造成仕宦經歷的不同起著一定的關聯，那就是一位顯赫而跌宕，另外一位卻湮鬱沉滯，他們在個性、思想上的差異，是極爲明顯的。〔註 67〕從而探知他們所經歷的政治氛圍的不同，正是影響各人思想並烘托出各人個性的主要因素。

第四節　通透人生自適放曠的心態

在眾多詞人當中，面對各種逆境，能夠順處自適的恐怕只有蘇軾最爲代表。他不但能夠逆來順受，還能找出解脫的方法，在不堪的人間他闢出一條超越之道，然後又歸返人間，欣賞人生，他是最豁達的。黃庭堅則是另外一種解脫的態度，那就是以兀傲違俗、旁若無人的姿態對抗橫逆，表現出另外一種豪放自適的心態。

〔註 67〕丁放・余恕誠著的《唐宋詞概說》舉出秦觀性格中的傾向說：「淮海詞與東坡詞相比，也不像其師那樣『豪放，不喜剪裁以就聲律』，其詞是比較純正的、女性化的、以陰柔美爲主的、可以入樂的曲子詞。……這可能與少游仕途失意、性格又較軟弱、有女性化特點有關。」。合肥：安徽教育出版社，2002 年 12 月，頁 263～264。

元祐八年（1093）九月，太皇太后病逝，蘇軾「終不久客塵間」的預感果然成眞，哲宗親政後，他正是新黨首先要傾軋的對象。即使又步上了流徙的蹇途，歷經三十年大風大浪的他，早已安之若素。黃州之貶他都能夠安時順處，惠州之行不再是更深的苦難，而是對他人生體驗的試煉，試煉看看他究竟能不能從超悟落實到生活的實踐，而他做到了。蘇軾的〈塵外亭〉詩有句「散策塵外遊，麾手謝此世」〔註 68〕，表現出厭世的思想。〈過大庾嶺〉詩後半云：「今日嶺上行，身世兩相忘。仙人拊我頂，結髮受長生」，道心一時湧現。〔註 69〕過嶺之後與友人、地方官結伴遊遍了各地的寺廟、宮觀，他的禪心道念也就越加的濃厚。在〈舟行至清遠縣見顧秀才極談惠州風物之美〉詩中說：「到處聚觀香案吏，此邦宜著玉壺仙。……恰從神虎來弘景，便向羅浮覓稚川。」〔註 70〕他對陶弘景的道士生涯有心學習，對葛洪（稚川）在羅浮山煉丹得道的軼事頗爲嚮往。在〈答陳季常書〉裏，剖明心跡說：「自失官以來，便覺三山跬步，雲漢咫尺，此未易遽言也。」〔註 71〕就是指修道可以立成的意思。紹聖元年（1094）十月，抵達惠州，蘇軾寓居城東合江樓，見江河山氣浩邈，頗似海外蓬萊，乃賦〈寓居合江樓〉詩，開頭道：「海山蔥曨氣佳哉，二江合處朱樓開；蓬萊方丈應不遠，肯爲蘇子浮江來。」〔註 72〕開始修鍊起道家養生之術，作〈思無邪齋贊〉，〔註 73〕裏面都是一些和煉丹服食有關的贊語。凡此種種，都可以顯現他向道之勤。

同時，蘇軾開始認眞和起陶詩來，對陶詩的理解及喜愛與日俱增，比黃州時期有了更透徹的體悟。丁曉、沈松勤〈北宋黨爭與蘇軾的陶淵明情結〉一文對此即揭明：

〔註 68〕《蘇軾全集・詩集》卷三十八，頁 467。
〔註 69〕《蘇軾全集・詩集》卷三十八，頁 468。又他在〈與劉宜翁使君書〉中自言「軾齠齔好道」。《蘇軾全集・文集》卷四十九，頁 1650。
〔註 70〕《蘇軾全集・詩集》卷三十八，頁 469。
〔註 71〕《蘇軾全集・文集》卷五十三，頁 1762。
〔註 72〕《蘇軾全集・詩集》卷三十八，頁 471。
〔註 73〕《蘇軾全集・文集》卷二十一，頁 1053。

> 對於蘇軾來說，元豐年間的烏臺詩案正是這樣一個現實「觸媒」(accelerant)，猛然激活了他對陶淵明這一精神資源的歷史記憶。而元祐年間的蜀洛黨爭和紹聖以後的「紹述」黨錮，則又不斷促使這一記憶進一步深化。〔註 74〕

這種情結全然是因爲黨爭的催化，才一步步地深化。從惠州時期到常州病逝，是蘇軾心境最爲恬適的時期，遍和陶詩的舉動就是最佳的明證。黃庭堅作偈子說：

> 子瞻謫海南，時宰欲殺之。飽喫惠州飯，細和淵明詩。淵明千載人，子瞻百世士。出處固不同，風味亦相似。〔註 75〕

他談到〈和陶詩〉與陶詩風味相似，應當是心境上不再有所牽掛有以致之。黃庭堅是一代詩人，咀嚼之下所作的感想，最可爲據。從揚州〈和陶飲酒〉二十首起，合惠州所和共一百零九首，蘇軾要子由作一篇〈引〉，蘇轍說：

> （東坡先生）書來告曰：「……吾於詩人，無所甚好，獨好淵明之詩。淵明作詩不多，然其詩質而實綺，癯而實腴，自曹、劉、鮑、謝、李、杜諸人，皆莫及也。吾前後和其詩，凡百數十篇。至其得意，自謂不甚愧淵明。……然吾於淵明，豈獨好其詩也哉？如其爲人，實有感焉。淵明臨終疏告儼等：『吾少而窮苦，每以家貧，東西游走，性剛才拙，與物多忤，自量爲己，必貽俗患。黽勉辭世，使汝等幼而飢寒。』淵明此語，蓋實錄也。吾眞有此病而不早自知，半生出仕，以犯世患，此所以深服淵明，欲以晚節師範其萬一也。」〔註 76〕

這是蘇軾的告白，他自以爲詩作得不比淵明差，和其詩其實是因爲個性相似，可惜「省悟太晚」，就這一點自覺比不上淵明，所以晚年要

〔註 74〕丁曉、沈松勤〈北宋黨爭與蘇軾的陶淵明情結〉，《浙江大學學報》第 33 卷第 2 期，2003 年 3 月，頁 111。

〔註 75〕釋惠洪《冷齋夜話》卷七〈東坡和陶詩〉，《景印文淵閣四庫全書》第 863 冊，臺北：臺灣商務印書館，1983 年 3 月，頁 266。

〔註 76〕《蘇轍集・欒城後集》卷第二十一，臺北：河洛圖書出版社，1975 年 10 月，頁 210。

效法他。他的〈和讀山海經十三首〉第一首有云：

> 愧此稚川翁，千載與我俱。畫我與淵明，可作三士圖。學道雖恨晚，賦詩豈不如。

第十三首云：

> 東坡信畸人，涉世眞散材。仇池有歸路，羅浮豈徒來。踐蛇及茹蠱，心空了無猜。攜手葛與陶，歸哉復歸哉。〔註 77〕

前一首雖然說學道恨晚，但是與陶淵明、葛稚川三人可以一同繪入圖畫中，就表示自己可以和他們並列而無愧。後一首「心空了無猜」，「心空」二字，用的是佛家術語，寫的卻是自己和葛、陶等學道的人士。這時的他已經把儒、釋、道三家融合爲一體，思想上偏向於「空」、「無」、「坐忘」等的解脫觀念。如〈和雜詩〉第一首有「微風動眾竅，誰信我忘身」，第九首有「思我無所思，安能觀諸緣」。〔註 78〕又其〈行香子・寓意〉詞結句有「除竺乾學，得無念，得無名」句，也是以佛學思想做結語。

紹聖四年（1097），責授瓊州別駕，昌化軍安置。先前謫英州時的〈英州謝上表〉有句云：「瘴海炎陬，去若清涼之地；蒼顏素髮，誰憐衰暮之年。」〔註 79〕似乎預見有渡海之一日。在嶺南炎熱之地，瘴氣疾疫流行，又缺乏藥材，這時東坡已步入晚年，常常苦於痔瘡的發作，不易醫治。到了海南島，連米食也難得一飽，日日以芋頭充饑。〔註 80〕海南濕熱多蟲蛇，最易染病，東坡乃研究養生術，比如道家的養生服食、打坐導氣等術，並且精研中醫藥草，如此三年，竟得以全生，可謂奇蹟。元符三年（1100），遇赦北歸，量移廉州（今合浦），再移舒州節度副使。未至，復朝奉郎，提舉成都玉局觀，任便居住。次年北返至常州，得腹疾卒。

紹聖至元符末，前後七、八年，屬蘇軾一生最黑暗的時期，他竟

〔註 77〕上二首見《蘇軾全集・詩集》卷三十九，頁 486～487。

〔註 78〕同前注卷四十一，頁 518、520。

〔註 79〕《蘇軾全集・文集》卷二十四，頁 1125。

〔註 80〕〈亡兄子瞻端明墓誌銘〉謂：「食飲不具，藥石無有。……公食芋飲水，著書以爲樂。」見《蘇轍集・後集》卷第二十二，頁 224。

能安然度過，這是他懂得用各種方法養生，以全性命。更重要的是，他具有超脫的個性，有達觀的思想，讓他逢逆境而能安之若素，由此可見，他的天性自然地影響著他的文學作品，他的作品又不能擺脫一生遭遇的影響，因而構成了他作品的豐富性和包涵性。

黃庭堅也有著一種面對橫逆、堅毅不屈的個性，但他表現得較爲倔強兀岸。其初，當蘇軾任杭州通判時，曾讀到黃庭堅的詩，即稱譽有加。庭堅獲悉後甚爲欣喜，寫了〈古詩二首上蘇子瞻〉寄給蘇軾感謝知遇，二人由此建立起友誼，政治上自然步上了相同的命運。〔註 81〕周祚紹〈論黃庭堅和北宋黨爭〉則謂：

> 那是元豐八年四月，開始是被召爲秘書郎，校定《資治通鑑》，半年後被任命爲神宗實錄院檢討官、集賢校理，主持編寫《神宗實錄》，就是這件事使黃庭堅捲入了政治漩渦。〔註 82〕

所以論遠因是蘇、黃二人長期的交情，論引爆點則是編寫《神宗實錄》一事成爲把柄，其實黃氏在政黨立場上並不強烈，甚至有調和之意，雖只有「鐵龍爪治河」一事因持和神宗不同意見，仍然成爲元祐時期洛黨排擠的對象。〔註 83〕黃庭堅的個性和蘇軾不同，蘇初讀黃詩，就指出了他拗直違俗的秉性，他卻終生不改常度。紹聖之後，舊黨敗散，黃氏謫居黔中，經過三峽時，他寫下〈醉蓬萊〉詞：

> 對朝雲靉靆，暮雨霏微，亂峰相倚。巫峽高唐，鎖楚宮朱翠。畫戟移春，靚妝迎馬，向一川都會。萬里投荒，一身弔影，成何歡意。　　盡道黔南，去天尺五，望極神州，

〔註 81〕黃寶華《黃庭堅詩詞文選評》謂：「庭堅之甥爲他編輯文集，詩歌只收元祐以後之作，卻以這兩首〈古風〉冠首，『以見魯直受知於蘇公，有所自也』（洪炎《豫章黃先生退聽堂錄序》），可見蘇軾在庭堅一生中所占的重要地位。」上海：上海古籍出版社，2003 年 12 月，頁 3～4。

〔註 82〕周祚紹〈論黃庭堅和北宋黨爭〉，《九江師專學報》（哲學社會科學版），1996 年第 2 期，頁 55。

〔註 83〕而且周文還謂：「黃庭堅的不幸遭遇中也帶有洛蜀之爭的成分。」「鐵龍爪治河」一事與此語皆見前注，頁 56。

萬重煙水。尊酒公堂，有中朝佳士。荔頰紅深，麝臍香滿，醉舞裀歌袂。杜宇聲聲，催人到曉，不如歸是。〔註84〕

前片極寫巫峽蕭森，雖州官遣人殷勤相迎，但貶謫荒野，煢煢一身，何歡之有。後片寫黔南天險，遙望神州，煙水重隔，雖有曼妙歌舞，山谷耳中唯有杜宇聲聲。詞末結處遂賦歸歟之思。全首以眼中筵席之盛，反襯詞人之獨自憔悴，所反映的正是「宦途之偃蹇不堪」。但多數的時間裏，他卻持笑傲人生的態度面對一切。如〈定風波・次高左藏使君韻〉即是此心態的代表。其詞云：

萬里黔中一漏天。屋居終日似乘船。及至重陽天也霽。催醉。鬼門關外蜀江前。　莫笑老翁猶氣岸。君看。幾人黃菊上華顛。戲馬臺南追兩謝。馳射。風流猶拍古人肩。〔註85〕

他自許氣概傲岸，故意著花於白髮之上，還問有幾人能似我一般，且自覺詩興未減，尚能馳射，不下於古人的風流豪情，這是他故意蔑視政治壓迫的獨家法門。又以「老子平生，江南江北，最愛臨風曲。孫郎微笑，坐來聲噴霜竹」（〈念奴嬌〉）的灑脫不羈，表現出旁若無人之姿。他自適的方式，就是寧死不屈，擺落橫逆，以自求樂地。這是他與蘇軾異趨的特色所在。

統觀詞人一生心態的演變，雖有各方面因素的考量，然政治上的鬥爭，導致個人身心俱受到重大的影響，則是不爭的事實。身心既受影響，發之於文，也一定有不可磨滅的烙印。無論從文學作品的風格，文學作品的題材範圍，作品中所表現的情感、思想，以及作家的文學批評理論，當代的文藝美學觀念，也一定能尋繹出此種烙印才是。本文以下要討論的部分，正是以此黨爭的過程做為一縱向的指標，然後再由諸詞人心態投注於作品的種種內涵做橫向的觀察，交叉研討，以求對詞學在此期發展的詞風和詞論，釐析出一定的脈絡。

〔註84〕《全宋詞》（一），盤庚版，頁387。
〔註85〕《全宋詞》（一），盤庚版，頁389。